不疯魔，不成活

［美］

刘墉 著

台海出版社

不 负 我 生 ， 不 负 我 心 。

红

尘

花

魂

诗

心

童

趣

玉山朝暾 / 刘墉作 /96CM×89CM/2014

这张画描绘台湾（也是东亚第一高峰）的玉山，在破晓时刻，一抹朝霞映上巅峰。此时山下还笼罩在云雾的睡梦中，隐隐约约一川如带，迤逦蜿蜒而去。刘墉虽然用了他诸多特殊的现代水墨技法，但是很巧妙地隐藏了斧凿痕迹，表现山的刚、云的柔，与破晓的天色变化。

做个艺术顽童

　　我是独子，小时候几乎没挨过揍，只记得被妈妈和老师修理了三次，巧的是都跟画画有关。

　　五岁的时候，我认为天下有三大画家，第一名是《儿童乐园》杂志里画大白鹅的那个人，第二名是会用几个数字"3"，组合出小白兔的爸爸，第三名当然是爱画花草和小房子的我了。

　　有一天趁妈妈午睡，我抱着一摞得意之作溜出门，过长巷，越小桥，穿田埂，上了大街，四处喊"卖画哟！卖画哟！"奇怪的是没人懂艺术，害我白喊，最后被老妈拧着耳朵拖回家打屁股。

　　另一次挨打，是小学五年级国语课，我在

小纸条上画了两个光溜溜的男女跳舞。说实话，那很要一点本事，才能把纠缠的手脚画得好。完成之后，我把杰作从桌子缝隙塞给后座的女生。她看一眼，半秒钟也没等，就站起来直直走到老师那里去。然后，我被狠狠打了两下手心。

第三次被揍，居然是在小六美术课上。刚从师范毕业的老师，不要学生画画，只挂了张西画月历在墙上，要大家写感想。我不高兴，带头造反乱写，被老师抓出去打。打就打吧！老师还说因为我的身体弱，只打一下，他那句话反而伤我心，让我记他一辈子。

初中，我成为街头涂鸦的先驱，那时候刚出现防水的"奇异墨水笔"，太好用了！我四处找"画布"，专画在人家的大门上。因为门板油漆过，不吸水，比较不会消耗我的"墨水"。我先画漫画书里的"小侠龙卷风"和"诸葛四郎"，没见什么反应，就加上文字说明。还没什么反应，有一天干脆先画个裸女，再写上三个大字："应召站"。才隔天，那门就被重新漆过。从此我懂了！画画要出奇制胜！果然高中才拜师学了三个月的画，就拿到全台学生美展的高中组第一名，我的美术老师说得好——因为我用笔够大胆！人家以为我的功力深厚，所以得奖。

我的美术老师叫李宝璋，是溥心畲大师的门生，居然对我十分礼遇，只要是她的课，我都可以自己到教师休息室画石膏像素描。除了不上美术课，我也常请公假去印刷厂编校刊，封面封底插图，几乎我一人包办。那时候学校管得奇严，毛头小伙子的文章，提到一点早恋，就会被训导主任"删掉"。为免开天窗，我不得不蹲在印刷机旁赶工。写诗最快！所以我渐渐成为"诗人"，而且兼写散文，后来成为所谓作家。

大概溜课太多，我高中的功课很烂，每学期都有两科红字。所幸可以参加暑假补习，补习结业视同补考过关，所以我居然能不留级。

因为太爱画画，我参加高考，只填了四所大学的美术系和某校国文系。最后那个是以防万一，假如画画不过关，还能有国文系可进。

发榜那天，在报馆工作的亲戚提早告知，我进了第一志愿。但为求证，我还是跑到母校门口看榜单。师大美术系下面二十多个名字，瞄了一遍又一遍，就是没找到我，后来才发现被人用原子笔戳不见了。还有同学过来损我：平常装作不读书，太诈了！

进入师大的第一天，我就得罪了某教授，因为我指着墙上一幅毕业展的作品说"必定拿第一"，教授说："错了！拿第二，因为他总溜课。"我打抱不平："溜课又如何？画好就成了！"教授立刻冒火说："你溜溜看哪！"

我当然溜！大一就溜，还去对英文老师说我太忙了，不想上。老师一瞪眼："那你就别来！"我说："可是你点名，我会因为旷课被退学。"老师又一瞪眼："我不点你。"

学期结束，我拿了四十九分，死当①！大四才去夜间部补修。

但我溜课溜得很成功，别人没空我有空，所以大一就主编《文苑》杂志，大二当选社长，还演舞台剧，在台上追到现在的老婆，大三

---

① 死当：指挂科、不及格。

搞革命，跑去公证结婚。

我自认画得不赖，大一就很神，只是学长们笑说，保证我大四之前赢不了他们。果然我大一系展得佳作，大二得第三，大三得第二，大四才拿第一。所幸那张画被日本收藏家高价买去，据说很羡煞了些人。

师大毕业，我回母校成功高中教了一年美术，妙的是，我的办公桌不跟别的老师在一起，而是设在训导主任的旁边，有人说我是地下主任，专出怪点子，甚至请领公费和场地，训练了一批学生画油画，那些巨幅作品大概至今还存在母校。

一年之后，我进入中视新闻部，有人说我是不务正业地成为新闻人。其实我的画笔从没停过，办了两次个展，还教了不少私人学生，直到一九七八年才由历史博物馆推荐去美国丹维尔美术馆做驻馆艺术家。

到美国的第三天，我就在弗吉尼亚理工学院演讲，在台湾场场爆满的我，那天居然只有十几位听众。也幸亏如此，因为我的英文奇烂，若非配合放幻灯，真不知如何应付。可老美显然不在乎英文程度，才隔一年，我在纽约圣约翰大学演讲，当场就被聘为专任驻校艺术家，非但有个超大的画室，还任我到各地云游，都算上班。学校说得好："你是艺术家，怎能拴在家里？"所以我利用那十年时间一次又一次回台，跟黄君璧和林玉山两位大师做研究，为他们写了两本画论。

每天跟在大师身边能学到不少，既学到规矩，也学到打破规矩。我发现他们最大的特点是能"大胆地下笔，小心地收拾"。简单一点说，就是什么都不必在乎，劈里啪啦往下画就是了，而且"不干不净，画了没病"！

说得简单，做来不易，我又摸索了二十年，才找到一点乱涂的胆子。到后来更领悟到李可染说的"以最大的力量打进去，再以最大的力量打出来"。那打出来的力量，得自打进去的"修为"。

所以我也很小心地写生，甚至在画花鸟的时候把花解剖，把死鸟的羽毛拔下来看，我的柜子里还放了不少死鸟的爪子，为的是了解它们的关节。我老婆说幸亏我不单独画模特儿，否则一定出命案。

因为既在大学教课又要出版文学作品，虽然画笔从未稍懈，我却有二十多年抽不出时间办画展。二〇〇一年香港苏富比举行中国书画拍卖，有一张我的新作《春江花月夜》。预展会场一位年轻人认出我，笑问："没想到您也画画耶！"

我一愣，说我的画笔从没停过啊！

年轻人露出佩服的表情："您能写能画，真是天才！"

"我哪儿是天才？"我指着自己的作品说："瞧！我这画里有烧香的、宴饮的、偷情的、歌舞的、聚赌的、游河的，还有猫打架、狗尿尿，我的画里都藏了东西，我只是个爱说故事的艺术顽童！"

春江花月夜／刘墉作／纸本水墨／172CMX93CM/2010（何鸿燊家族收藏）

不疯魔，不成活

"不疯魔，不成活！"

这是京剧界常说的一句话！意思是如果不疯狂着魔，就很难有成就。

我不敢说自己有成就，但是对文学和绘画却十分"疯魔"。

我太太显然同意，因为她常笑我有病，每当我晚上怨当天不是没写文章，就是没作画，她都纠正："怎不说不是写了文章就是画了画呢？"

对这两样我确实疯魔，但是因为时间有限，常常只能做一样，我曾经想放弃其中之一，却发现失去任何一项，就不是完整的我了。

写文章的时候我会想着画面，甚至用拍电

影的方式想，要有动作、有声音、有色彩，甚至在平淡中有刺激，美好中有悲悯。所以写雪地里的红色山茶花，我会想到日本武士跪在雪地切腹、血溅三尺；写北京四合院，我会谈到"文革"时的哭声；写九份山城^①时，会想到早年瑞芳矿灾的心酸画面。

为了画"龙山寺"，我会一次次前往写生摄影，采访当地的老人，甚至把照相机伸到废墟围墙上拍照。而且因为那附近早年有印刷街，所以除了画龙山寺，我还写了篇《印情》，怀念带我参观印刷厂的父亲。

父亲在我九岁时就去世了，却留给我许多难忘的画面，这本集子里的《盒痴》《父亲的粥》和许多图画都有父亲的影子。至于"北京四合院"、《樱花祭》则是对母亲的思念。虽然都有些淡淡的感伤，但如同我写励志文章，感伤最终带来的，是对人生的领悟与豁达。

我常想自己能化解许多心灵的伤痛，都由于文字的倾诉和绘画的抒发，因为我用童心创作。尤其画画，我会在树里偷偷加只小猫头鹰、藏几只小熊，还有猫打架、狗撒尿、小童便溺、男女偷情。裱画师父曾为此迟不交件，为的是他跟我打赌，非找出我藏在画里的小东西不可。

我这么做还有个原因，是我认为文学需要时间阅读，绘画也要时间阅读，"画"不仅是

不疯魔，不成活

阳关落日 / 刘墉作 / 纸本水墨 / 写意 /96CMX177CM/2014

题记：甲午年以喷染皴擦法写阳关落日于氤梦楼，刘墉

钤印：刘墉、梦然、无用才子、氤梦楼

造境说明：2014 年 6 月，刘墉赴土耳其希腊和意大利等地做考古之旅，一路看了庞贝罗马等许多废墟。回来之后没画地中海的古迹，却画了这张阳关落日。刘墉把画放上微博，说："从土耳其和希腊回来，看照相机里一个又一个古城废墟的影像，心中却浮现我多年前去敦煌、阳关和玉门关的画面，觉得面对沙漠，比面向大海，更多些孤危与悲壮。于是画了这张'阳关落日'。马背上的人坐得挺直，好像希望看得更远。是盼望西行的故人归来？还是在前途的彷徨与背后的乡愁之间，望尽天涯路？"发表之后获得非常热烈的回响。

空间艺术，也是时间艺术。古人说画要"可以观、可以游、可以居"。张大千因此有个画室取名"可以居"，居住当然要时间，如果您真能居住在画里，甚至还能看到画面上见不到的东西。

想想，如果画上有个人盯着山谷下面看，山谷被前景遮了，但是你把自己变成画中那个人站在崖边，不就可以想象山谷中的景象了吗?

我作画总是先想故事、酿情怀，所以很多画里的人物会相互呼应，譬如巷子这头小孩探头，往巷子另一头看，原来也有小孩，在躲猫猫。太太伸手警告偷窥邻家儿女约会的丈夫别出声，因为自己女儿正在屋里读书。还有些作品，画面上只见杯子打了、酒壶碎了、书画摊着没人收，主角呢? 我不画，请大家自己想!

连花鸟作品都一样，我会画小鸟们争食、蜜蜂采蜜、鸽子调情、黄雀叫春，而且如同京剧的"无声不歌，无动不舞"。我必须感谢一对一教过我的林怀民、刘凤学与许常惠三位大师，我虽不是个用功的好学生，倒挺能移植，把音乐舞蹈带进了画中。

所以看这本集子，请尽量发挥您的想象，许多文章"奇兵突出"，许多绘画"别有洞天"，画中有文章，文中有画面，还可能是出人意表的东西!

此书出版，正值我在北京画院美术馆举行个展，如果您光临指教，很可能有新发现。因为我的一些怪招，只有靠近原作才看得到，譬如《金山寺月夜》里的小狗、《明朝有意抱琴来》里藏着的小熊，对了! 还有龙山寺附近巷子里的阻街女郎、偷窥的坏小孩和提着棍子追出来的保镖!

当然，如果您的眼力超好，在书上的插图里也找得到小熊。

信不信小熊还不止一只?

咱也打个赌吧!

红

尘

印情

狗在街上会四处撒尿，为的是告诉别的狗，那是它的地盘。

其实人也差不多，所以喜欢在风景区刻字，再不然四处涂鸦。墙壁车厢不过瘾，甚至吊绳索，在几百尺高的桥墩上画，除了展示才艺，更有宣示"老子大胆到此一游"的意思。

小孩虽然不会刻字，也有他们的方法。哪天你看到房间四处多了些花花绿绿的小贴纸，八成是娃娃干的好事。但这不能怨娃娃，我就在书店听过一个小娃娃不平地喊"老师也一样！"可不是吗？店员说小孩玩贴纸都是跟幼儿园老师学的，老师会贴"笑脸""星星""大拇指"，小朋友就贴花朵、白雪公主和米老鼠。

店员顺手一指，天哪！墙上挂了一大片。国产的、进口的、闪亮的、随角度变形的，足有上千种。

店员又往下指了指说："小孩也会盖章。"只见柜子下一大排，全是小图章，除了各种图释，"棒！""再来一个！"一箭穿双心，还有整句的，像是"我爱你！"看样子多买几个这种图章，连写情书都省了。有一回去个朋友家，墙上挂了幅于右任的草书立轴，空白处赫然盖满了花花绿绿的印章，想必也是他孙女的杰作。我说右老的字现在一幅可值百万，朋友一笑：实用最重要，你瞧！上面还有电话号码呢！我太太临时找不到纸，写的！

我小时候也爱盖章，那年头没玩具章，但我有个正正式式的金属印章。是跟我爹去万华时，经过一个印刷厂，我对里面"垮啦垮啦"的机器声好奇，站着不走，里面的人就顺手捡了个小小的铅字给我。又大概因为我爹带我，所以那是个"爹"字。从此我就四处发挥，举凡课本、故事书、纸门上，都有我的"爹"。有一回在家长签名的地方，我也盖个"爹"，被老师抓去问：你这爹也太小了吧！

没过多久，我的印章就变大了，是我用刀片在橡皮擦上刻的，除了个大大的"刘"字，还有"可""否"和年月日，我把它盖在每本故事书的扉页，意思是这本书可不可以出借，可以借几天。那印章虽然刻得烂，但我留作纪念，还带到美国。有一回清洁工看到，笑说他在另一个华人家也见过，男主人先在肥皂上刻，再小心翼翼地盖在文件上。

从我爹死，我的"爹"铅字就不见了。可能我娘看我没了爹，所以没收了我的"爹"。但才过不久，我就拿到了一个真正的"图"章，而且图是我画的。因为自从爹死，家道中落，我就靠投稿赚零花钱。我的稿没几个字，只有图，画的都是些"走迷宫"和"连连看"的儿童游戏。有一回我好奇找到报社去，除了看到一大屋子的人，一排排的铅字，和"垮啦垮啦"的机器，儿童版主编还送我一块"锌版"，上面正是我画的图。

我从来化学没及格过，只对"锌"和硫酸的化学程序记得清楚：$Zn+H_2SO_4=ZnSO_4+H_2$。因为我后来知道锌版是先拍照，再感光到涂了药水的锌片上，最后用硫酸腐蚀的方法制作。我还特别跑去制版厂参观，见到几个大男孩拿着胶片描，原来他们在做套色印刷的版子。一张彩色封面，用了四色，他们就用肉眼依照原稿上的颜色描，再制成锌版上机印刷，他们的耐心和细心让我佩服极了。

真正接触到印刷是高中，自从我编校刊，功课就常拿丙，因为我总请公假去印刷厂，甚至整天蹲在那里。有时训导处说某文章有早恋倾向或不够爱国，抽下来！我甚至得蹲在印刷厂赶稿子。能以最快速度和最少字数补上"天窗"的是诗，一个字加个叹号，也能成一行。所以我后来成为诗人，还得到优秀青年诗人奖，参加了世界诗人大会。

蹲在印刷厂可真学到不少。只见那些老"手民"，一手攥着稿子和个小木盒，一手伸到铅字架上捡字，他们能只看稿，不看铅字架，

出手飞快而且不出错。捡好的铅字送去排版，一行行像打麻将似的"码"整齐，空白地方用比较短的铅块，细线用金属片，行间用小木片。码好之后再用绳子缠紧，送上小机器打样。先在版子上滚油墨，铺张白纸，再把上面大大重重的圆筒推过去，就打好样了。

校对完正式上机印刷，如果一次印十六页，就得放十六块版，必须由有经验的师傅动手，因为印完之后折纸，页码得连接，稍不小心就会跳页。那时的活字印刷虽然有机器，还是得以手工一张张往机器里"喂纸"，稍没喂好，印出来就歪。我曾经站上机台喂过几十张，起先都好，喂着喂着突然就出错，从此我懂了，为什么棒球好手也会暴投①！

进大学，我还编刊物，那时有了平版印刷加中文打字，比活字简单多了！到排版厂看到的不再是老师傅的长脸，是打字小姐的笑脸。只见她们一人面前一个大大的字盘，上面有个可以移动的夹子，要打哪个就由字盘上夹起来，唰！啪！打在前面的纸筒上，原理跟英文打字机差不多。

学生时代跑印刷厂影响了我一生。因为才出校门，我就写了处女作《萤窗小语》。起初找台北一家出版社，老板把稿子斜斜地还给我："这么小一本，您自己花点钱印吧！"我又拿给中视公司出版组，也被打了回票。只好找到印高中校刊的活版印刷厂，才印完就把版子拆了。没想到书店急着补货，害我不得不把铅字印成的书，一页页拆下来拍照，再用平版去印。这是盗版商常用的手法，所以我说我是自己盗自己的版。

那时已经有彩色分色机了，但是价钱贵，又常把曹操印成关公。

①暴投：棒球中，偏离本垒板致捕手无法接住的投球。

我的书印不起彩色封面，只得以珍珠绿和黑油墨套色。有一回拿到新印好的书，珍珠绿居然污染到手上，用指甲刮，还能刮下一层绿绿的油粉。印刷厂说为了赶工，怕油墨不干，所以加了玉米粉。这事我至今没搞懂，但相信那应该算最早期的环保有机印刷。

《萤窗小语》出了四本之后我赴美画展，接着在大学任教，为了教洋人国画，写了本《花卉写生画法》，并且拿回台湾印。这时候彩色印刷进步太多了，文字也由活字排版和"中文打字"变成"照相打字"。记得我那家打字行在西门町附近，推开厚厚的玻璃门，没有啪答啪答的打字声，只见一台台大机器，后面透出微弱的灯光与人影，还有更后面的药水味，好像进了加护病房。

照相打字多酷啊！不用字盘，改用底片，有个光源从底片下射来，加上各种镜头，要大要小要扁要斜都成，而且笔画清晰锐利，就算狗屁不通的文章，打起来都好像通了。唯一的缺点是不能改，要改就得切掉那个字再重打一个贴上去，碰上加字或减字，则牵一发而动全身，得整行整段地撕下来重新贴。我自己会贴，对别人也要求严格。稍稍贴得不正，就要重贴。那时我进制版厂，小姐们会偷偷伸出两只手指，表示吹毛求疵的人到了。两根手指不代表胜利的"V"，是我用来量距离的"仪器"。

彩色印刷我也亲自下过手。大大有名的沈氏艺术印刷厂，当时还在万华。虽然有了一次能印两色的双色机，还时常得加些"手工活"，最记得有一回颜色浓了，沈老板拿着滑石粉到版子上用手搓。还有一次都上机印刷了，发现文字有缺损，好死不死还是封面上我的名字。当时为了赶工，我亲自出马，爬上机器用小刀在 PS 版上硬是刻了几笔，至今我看到那本《林玉山画论画法》，还得意自己的"手迹犹存"。

今年回台，为了画"龙山寺"去万华采风，走过以前印刷厂林立的老街，已经没了震耳的机器声。经过西宁南路，照相打字行也不见踪迹，据说因为计算机打字一下子普遍，好多排版人员都突然失业。

走到广州街，夜市的摊贩已经开始布置，街边坐了几位老人喝茶聊天，我问附近还有印刷厂吗？"早没了！到中和永和土城去找吧！"我又说以前在那儿有间装订厂，我还见过一个人没有双手，是不小心被裁纸机切掉了。老人笑笑："早死了吧！年轻点的应该还有一个。"指指他自己："我家以前就开装订厂，我同学就被切断手。"

我沿着龙山寺旁边的西园路找，真没有印刷厂了，安安静静的，仍然有些日据时代的巴洛克式建筑，还有堵铁皮围墙，缝中望去，是片废墟和杂草。突然眼前一亮，空空的骑楼下露出印刷机的一角，兴奋地走过去，果然看见一台能印名片的圆盘机，旁边放了些铅字，加起来还没有半坪①大，搞不好是占用街角的违建。老板够老的了，正俯在机台上练毛笔字。

"哇！真不简单，找到一家印刷厂。"我说。

"印刷厂？别见笑了！"老板抬起头，"就这，算印刷厂吗？"又一笑："也算！我大概是这印刷街上仅存的一家了。"

---

①坪：台湾省常用的建筑面积单位，一坪约等于三平方米。

（姜花）水湄仙子 / 刘墉作 / 绢本没骨设色 / 工笔
/60CMX90CM/2013

题记：水湄有仙子，清新不待妆，纤腰比飞燕，蛾眉似庄姜；凌波舞云步，迎风散天香，
昨夜雨初过，晨起唤刘郎。癸巳年秋刘墉写野姜花于氤梦楼
钤印：刘墉、梦然、无用才子、氤梦楼（二钤）

造境说明：由于童年陪父亲钓鱼，溪边总有姜花在晚风中散溢幽香，刘墉对姜花有着特殊
的情感，除了写过一本名为"姜花"的散文集，更常以姜花入画。这幅没骨写生，虽然叶
片繁复层叠，但是完全没用勾勒，也不以墨代色，完全用"让就对比"和深浅变化表现层次。
至于花瓣则先用淡墨勾勒，再于绢的正反面层层晕染出莹洁的白色和淡淡的黄绿，加上生
动的蜻蜓点化，红绿对比仿佛翡翠珊瑚，是刘墉花卉草虫写生的精品。

即使天堂是不愁吃穿，不必工作，永永远远活着，
那活着有什么意义，
正因为有苦恼，才有解决的快乐；
正因为有病痛，才有痊愈的欢喜；
正因为有忧愁，才有忘忧的美好；
正因为有今天的不足，所以才憧憬明天。

五光十色、灯火迷离、人影幢幢，加上香炉的袅袅青烟和大殿里的诸佛与梵呗，成为我心灵深处最神秘的画面。

在我童年记忆中，印象最深的是万华，因为父亲生前常带我去那里玩。当时台北入晚之后都昏暗寂静，只有万华夜市灯火辉煌乐声喧哗，除了各种小吃，有用气枪打小泥人和水柱乒乓球的，用飞镖射气球的，藤圈套玩偶的，卖药练把式的，以及很多中外游客。父亲还常带我到附近的龙山寺，那是台湾最古老的寺庙之一，就算深夜依然灯火通明、香客不断。我从小有哮喘不耐烟熏，所以父亲总带我匆匆绕一圈，好像跟众神打个招呼。唯有过年时的花灯会，就算呼吸不顺，我也赖着不走，只见龙山寺前前后后挂满写着风调雨顺国泰民安的小灯笼，两边龙虎门悬着特大的灯笼；里面庑殿长廊更精彩，全是各种人物走兽的花灯。虽然早在六十年前，已经有八仙过海和三藏取经之类的电动花灯。五光十色、灯火迷离、人影幢幢，加上香炉的袅袅青烟和大殿里的诸佛与梵呗①，成为我心灵深处最神秘的画面。

这张画就是写我童年记忆中的龙山寺庆元宵。为此我再三前去写生查访，请教当地老人并查阅史料。龙山寺是清乾隆三年（1738）建成，因为堪舆属于"美人穴"，所以在寺前挖了个莲花池，让美人照镜。后来池子被填平为市场，许多我访问的老人都说早年在那儿买过东西或摆过摊。我觉得莲花池比较美，所以在图中复旧，把摊贩移到四周池边。牌楼和前院围墙是后来建的，但我觉得挺有气派，所以也纳入作品。

龙山寺几百年来虽经战火洗礼虫蚁摧残而多次重修，但是前殿、正殿、后殿及左右护龙，六角型的钟鼓楼，并没有太大改变，尤其宫殿式的主殿，十分敦厚庄严。至于周围的街道两侧，画的是日治时代受欧风影响的巴洛克式建筑。近处则参考史料加上回忆想象，有许多深宅大院和酒肆商店。

由于是年节期间，香客众多，虽至深夜依旧车马喧哗。前景空地搭了戏台，正演出歌仔戏②，众人呼家带小，拿着自家椅子来看。左侧池边违建与酒楼间也热闹非凡，卖艺的、售花灯的、吹糖人的、灌气球的、小吃摊、水果摊、

龙山寺庆元宵 / 刘墉作 / 生宣纸水墨设色 /144CMX238CM/
2012（2013 年北京中国美术馆《美丽台湾 / 台湾近现代名家经典作品展》展出）

游乐摊，甚至乞讨者、寻芳者。人力宣传车和广告牌上则写着"五毒白骨鞭"及"里见八犬传"，都是我当年最爱的电影。

万华原名"艋舺"，是由早期原住民"独木舟"发音而来，被日人改为"万华"。所谓"一府二鹿三艋舺"，万华与台南、鹿港并称台湾三大港。也因为早期船舶商旅移民甚多，于是建寺庙以祈平安、设食街以供美馔、开印刷厂与花街以供心灵肉体之需。为了趣味写实，我把这类社会形态都纳入画中。

早期的台湾仍以人力车为主要交通工具，画中可见寺前有人维持秩序，要车辆改道。这是源自我童年的记忆：重要人物将至，便衣和吉普开道车先行布置，细心的观赏者或可见到蛛丝马迹。

总结起来，这张描绘早期龙山寺、多达六百人的八尺大画，融入了我幼年回忆、个人想象与故事史实。希望欣赏者能保持美感距离，莫问君家在何处，因为它是画，是散文，也是我经营的小说。

如果一个人只知道追求生活的享受，
却不知道享受生活；
只想改善生活，却不去体味生活。
如此，又怎能得到生活上的享受，
又怎能知道自己的生活已经改善了呢？
这就好比爬山，
如果你从来不驻足欣赏山下的美景，
怎能获得登山的情趣，
又如何知道自己登上了高山呢？
所以与其盲目地追求生活的享受，
不如细细体味一下眼前的生活。

刘墉小语

童年的声音

我也佩服眷区人家炒菜的架势，大概用的锅铲都是兵工厂的精钢打造，硬比我娘的响十倍，我虽见不到那些掌勺操刀的伯母，却能有"公孙大娘舞剑器"的想象。

　　我的童年是在台北市温州街与云和街之间度过的，那是个很特殊的地方，好比卡萨布兰卡或伊斯坦布尔，处在多种文明交会之处，撞击出异样的火花。

　　温州街的两侧，住的多半是台大教授，最记得正对门有位陈姓的老书法家过世，他那学者儿子用江浙调号哭："爹爹啊！爹爹啊！"连着哭了半个月都不止。

　　我家右邻也令我怀念，最先住着一对老夫少妻，想必师生恋，那年轻貌美的妻子，总娇声细气地喊"老师！老师！"她一喊，我老爸就说："又喊了！又喊了！"我老妈则会瞪他两眼："又没喊你，你听什么？"

老夫少妻没多久便移民美国，搬来台大医院住院部的主任，也姓刘，我们处得像是一家，甚至在墙中间开了扇小门以便走动。他家有三个女儿，常常玩耍尖叫，引得我竖耳朵。

左邻是位将军，太太念佛，每天传来咚咚咚的木鱼声，还有将军的嗯嗯声，大概有痔疮，他用力嗯嗯的声音，我隔墙都听得到。小时候顽皮，他嗯，我也嗯，帮着他使劲儿。后来他们搬走了，我娘说都是被我气的。

左对门住了位台大农学院的院长，家里有株当年很稀罕的昙花，每回夏夜灯火喧哗，都是赏昙聚会。他家再过去则是台军界俞大维的官邸，四周围住着一群星星，黑头车过，好多孩子会追在后面闻汽油味。吉普车更有意思，因为开车的是兵，比较会跟孩子玩。不过有一回我把沙土偷偷倒进车子的油箱，被兵抓到，狠狠地拧着我的耳朵骂。直到今天，我不准人碰我耳朵，包括我太太，都是因为那惨痛的回忆。

我家后面是"兵工学校"的军眷区，据说有不少早年汉阳兵工厂的骨干，个个是军火专家。他们管起孩子来也不凡，啪啪啪地"竹笋炒肉片"，夹着孩子"不敢了！不敢了！"的哀嚎声，让我每次看见那些挨揍的小朋友都敬畏三分，想他们毕竟是鞭子底下熬过来的人物。我也佩服眷区人家炒菜的架势，大概用的锅铲都是兵工厂的精钢打造，硬比我娘的响十倍，

明月清风好琼华 / 刘墉作 / 绢本没骨设色 /74CMX112CM/
2013（2014 北京匡时及 2015 北京画院美术馆展出）/ 曹兴诚先生收藏

我虽见不到那些掌勺操刀的伯母，却能有"公孙大娘舞剑器"的想象。

十三岁那年，我家在一场大火中烧成了平地。公家以我父亲已逝为由，不为我们重建。我娘只好在废墟上盖了间草房，成为当年的"最牛钉子户"。房虽简陋，只一片草棚搭在墙头，头顶几乎碰到屋檐，但四周木板通风透亮，加上外面废墟的杂草丛生、虫声啾啾，颇有乡居之感。厕所更见情调，那是整栋日式建筑唯一砖砌的地方，当四周陷落，粪坑就显得高高在上了。下雨天撑伞如厕，上面雨声不断，下面也点点滴滴。那阵子我正读李清照词集，自然想起"点滴凄清、点滴凄清、愁损离人，不惯起来听"。至于晴朗的日子感觉也好，深蓝夜空的拥抱下，看星星月亮移过一根根烧得焦黑的柱子，令人想起古希腊的剧场，再看看四邻窗内晕黄的灯光和幢幢人影，又是李易安"向帘儿底下，听人笑语"的境界。

十五岁那年，我们这钉子户终于屈服，搬去金山街的一栋两层小木楼。楼下是间女子英文秘书班，对于我这个小男生，那声色真是不凡。一会儿仿佛置身番邦，楼下传来的是英语会话；一会儿咔答咔答高跟鞋声，想必在教走路的礼仪；一会儿乐声震耳，原来是交际舞蹈。偶尔经过楼下，还能看见一群吓人的白脸女鬼，竟然是用黄瓜汁、面粉和双氧水漂白皮肤的美容课。

小楼对面，隔着金山街有一大片违章建筑，每天当当当当是饺子铺在剁馅，噔噔噔噔是弹棉花店的弓弦震动，还时时有车喇叭猛响，是因为等着买手工馒头的顾客阻碍了交通。入晚就更热闹了，拉嗓子喊的是卖徽子麻花和臭豆腐的，吱扭吱扭加上吭当吭当，是推车子过来的面摊。蒸馒头、煮面和下饺子的蒸汽煤烟，在迷离的

深情月夜 / 刘墉作 / 纸本水墨淡彩 /103CMX138CM/2009（2015 年北京画院美术馆展出）

这张画是融合我在温州街与金山街的记忆画成，最左近景小楼，少年正开门迎长发少女入内，二楼一妇人凭窗下望，写我二十岁时恋爱景象。对门及街边小食摊炊烟袅绕，有卖水果的地摊、赶路的一家三口、骑单车的、坐在三轮车上拥抱的。后方巷弄间有遛狗的、夜归的……房顶猫叫、墙边狗吠。图右有不少巨宅，屋内人影幢幢，可见聊天的、读书的，甚至如厕者。楼下老榕树边副官司机正等候，后花园有长廊水榭，凭栏赏莲者。图左远方是军营，门口卫兵正拦查骑车的访客，营房俨然，有军车、球场、防空洞，墙头卷着铁丝网。更远处则是田野，隐约可见芭蕉槟榔蒲葵，天上一轮明月、几丝云彩，一片台湾早年的南国景色。因为源于童年温馨的回忆，旧情绵绵、含蓄婉约，所以取名为《深情月夜》。

灯火映照下，大有辛稼轩《青玉案》"玉壶光转，一夜鱼龙舞"和"众里寻他千百度，蓦然回首，那人却在灯火阑珊处"的朦胧之美。

我住的小楼虽不高，后面却可以俯瞰一大片平房，也就有野猫叫春和深巷寒犬的混声合唱。大概因为日式房舍的门户不严，那时有狗人家特多，而且多半养看门的大狗，当群犬齐吠，声势十分惊人。

至于人犬皆睡的深夜，后窗外又出奇地宁静，在那一大片鱼鳞似的灰瓦房舍间，甚至能听见哗啦哗啦的麻将、唧唧的三轮煞车，和盲人按摩师的悠悠笛音。

前窗外也逐渐安静了，总是先听见泼水声，大概是馒头饺子店打烊的例行工作，接着是厚重的上门板声。也幸亏门够厚，有一夜喊叫不断，对街映现一片火光，接着警笛呼啸开来好多救火车。原来是某家女儿的男友发疯，在水沟里倒了汽油点燃，所幸火很快就被扑灭了，除了门板上熏出些黑印子，竟然毫无损伤。

还有一夜打破寂静的是个山东老汉的哭声，从一片低矮的违建间传来。大概醉了，哭夹着喊，喊得断断续续，听得出几个重复的句子："蒋总统！你不是说要带我们回去吗？怎么还不回去？再不回去……再不回去，我娘都死啦！"

男人的哭声，在深夜，很悲凉，悲凉得我一生难忘。

人不是只有好与坏，甚至可以说大多数人，
都是善中有恶、恶中有善的。
于是当我们拿着"不是好人就是坏人"
"不是朋友就是敌人"的那把尺，
去量这个世界的时候，就充满了挫折感。
我们不是因为被好朋友欺骗，
而觉得再没一个可信的人，就是受敌人帮助，
而弄得手足无措。
更糟的是，当我们心里只有"黑"与"白"，
面对的却是个"灰色"的社会时，
不是勉强把灰的拉成白的，就是强行把灰的推成黑的。
既然是人，就有着许多纠缠不清的"善恶情怀"。
不可因为他们的好，忘了他们的坏。
不要因为他们的恶，忘了他们的善。

刘
墉
小
语

山城的美丽与沧桑

山城的繁华里有多少足够回味与不堪回首的往事？这个孤零零的小山城，真能成为小香港吗？在那摩肩接踵的人群中，夹着许多港式口音，东方之珠的游客，到这儿会有怎样的感触？

第一次去九份，是那小镇最不得意的时候，昔日曾经因为采金繁荣的山城，没什么人，记忆中只有一条石阶穿过两边古老的建筑，直直往上，到九份小学的门口。我那时大三，不知是哪位同学说九份看山看海，非常美，就全班乘小火车过去。

我们坐在石阶上，看远处的海岬、不知名的小岛和无际的太平洋。台阶两边有好多野生小草，厚厚的叶子，有点像仙人掌，开着小黄花。风很大，女生的脸不断被头发盖住，好像加了胶水，紧紧黏在皮肤上，要用指甲拢，才能把头发拨开。写生器具更甭说了，才拿出画纸，就啪一声飞掉，大家只好找个茶馆避避风。

纯日式的建筑，榻榻米、格子门，低矮的

小窗咔啦咔啦作响。万里无云，却好像有雾，透过窗上不平的手工玻璃，看到很奇怪的蓝天、扭曲的山峦，还有一长线一长线的白浪。

老板娘深弓着腰说，大家在这儿晚餐吧！不贵的，而且晚上的九份才美，有"小香港"之称呢！问题是我们这票穷学生还是不敢，尤其看那餐馆的陈设，虽然古老却很细致，还有，老板娘鞠那么深的躬，受不了！吓得我们十几个人付完茶钱就跑了。

到车站，天已暗，回头看山城人家，在晚霞里，像桃红色的积木，车一直不来，灯火纷纷点亮了。让我想到一位失去青春岁月的老妇，描描眉、扑扑粉，化个晚妆，在灯下还显出几分风韵与美丽的凄凉。

"九份"，据说因为早年那里只有九户人家，距山下又远，每次有人要进城买东西，都顺便带九份上来。直到光绪年间发现金矿，才一下子发了，发得灯红酒绿，除了淘金人，莺莺燕燕也从四处飞来，台湾第一家电影院都在那儿开张。"望海楼"变成"万花楼"，矿坑金尽变成床头金尽。怪不得侯孝贤会选这里拍摄《悲情城市》。九份就靠这部电影，从没落的矿山小镇摇身一变，成为观光胜地。以那条长长的台阶为中心向两边扩张，各种小吃、土产、艺品、餐厅、民宿，加上巷子窄小，两边房子不断往上加建，还搭着遮雨篷，少了阳光、多了灯光，

山城夜市 / 刘墉作 / 纸本水墨设色 /145CMX228CM/
2011（2011 台北中山纪念馆刘墉个展作品）/ 林木和先生收藏

这张画是从九份小学俯视山城夜市，各类小吃摊、礼品店、土产店、餐馆、茶室、旅社、庙宇、蜿蜒山道和山城夜市里摩肩接踵的商家店员观光客。远眺则见深澳渔港、象鼻岩、基隆屿和海天一线的太平洋。其中的故事很多，而且相互呼应。古人说"可以观、可以游、可以居"，请大家把它当作小说，游览其间甚至居住其中，慢慢"阅读"和"发现"！

一串串红灯笼映着下面的人间烟火，成为二十四小时的夜市。

山城太高，窄窄的路，假日车多，全塞在路上。据说以前采金的时候，还有一条两千多公尺长的铁索道，通往海边的金瓜石和瑞芳。最近有退休的老矿工清除野草，让那铁索道又曝了光，也引起市府的注意，有意重开索道。

多好啊！想想，从海边坐上缆车，一路循着四十五度角的索道直上繁华的山城，既有古典与现代、繁华与孤危，又可以下到老矿坑，发思古之幽情，不是跟地中海那蓝顶白墙的希腊山城圣托里尼一样了吗？

谈到工人，也让我想起金矿没落之后，瑞芳成为产煤矿的地方。当我作记者的时候，曾去采访矿难，车子在一弯一弯又一弯的山路上疾驰，突然见到路边围着一群人，哭声在海风里颤抖。最记得有个妇人没哭，冷着脸对我说：我们家倒霉，上个月我丈夫跟另外一个人被压死，人太少，你们不来采访，现在死的人多，你们来了、大官来了、抚恤慰问也来了。我丈夫要死也该现在死，你们要来也该早点来。要是早点来，说不定大家小心，今天就不会塌，这么多人就不会死了。

我，还有摄影记者，呆在那儿，不知说什么，只是我也想，过几天，是不是又有许多女人，把便当交到丈夫手上，望着男人的背影，走向矿坑？

山城的繁华里有多少足够回味与不堪回首的往事？这个孤零零的小山城，真能成为小香港吗？在那摩肩接踵的人群中，夹着许多港式口音，东方之珠的游客，到这儿会有怎样的感触？

风水流转、人世沧桑，九份，那九户人家还在吗？倒是常听人说：要去九份吗？记得带九份芋圆回来！

失意人前，勿谈得意事。

因为那只可能加重对方的落寞感，

所以即使万事顺心，也要故意说些辛苦处给朋友听。

得意人前，勿谈失意事。

因为得意人常不能体谅失意者的痛苦，

所以即使有许多不如意，也要振作起精神。

失意时交的朋友，得意时常会失去。

因为他觉得你高升了，不再是他的一伙，

他不愿意高攀，也高攀不上，

你无心的一言一行，都可能引起他自卑的敏感。

得意时开罪的朋友，失意时也难以挽回。

因为他觉得你昔日气焰的消失，不是因为你变得谦和，

而是因为走投无路，才回头搭老交情。

昔日你不认他，他今天也不认你。

刘

墉

小

语

小小又大大的一条河

有个人笑说他跟日本鬼子肉搏，一刺刀捅进鬼子胸口，鬼子临死居然对他一笑。老兵边说边搔头：「不知是不是以前认识？」

在我童年的记忆里，总流着一条河，那河很小，窄到跳远选手能一跃而过，但在我的记忆里它很大、很幽，而且源远流长。

它确实来自很远的山区。小时候舅舅在碧潭边上开了一家租车行，我常跟他去，每次夜间归来，才离碧潭不远，就能看见路边一条水渠，水很清很疾，好多妇人蹲在渠边洗衣。夜里的渠水特别明艳，灯火一闪一闪地跳动，有一种迷离虚幻的感觉。几十年来，这画面常在梦中出现，我想大概因为当时总想下车，看看那水渠真正的样子，却始终不敢说，所以后来"常入梦"。

所幸那水渠很长，由碧潭一路流，流过公馆、台大、醉月湖、辛亥路，进入我童年的世界。当时台大附近的渠上有个水闸，因为把水拦起来，所以闸门上下呈现很大的落差。我跟父亲散步时，常见好多小女孩蹲在水边，不是洗衣，而是洗电灯泡。父亲每次看到都会叹气，说多可怜哪！她们用硫酸洗电灯泡的铜灯头，好拿去卖。瞧瞧！她们的手，一块白一块白，都被强酸伤成什么样子了。父亲还骂电灯泡的工厂，专生产"摇头叹气"的烂东西。全新的灯泡，扭上去没多久，就"嘶"一声叹气，灭了！原来因为灯泡摇头脱落、漏了气！

那时我每天都要绕路过桥，去对岸的龙安小学上学。母亲常叮嘱我，千万别靠着渠边走，掉下去不淹死也得摔死。但我还是爱往渠边去，拨开路边的野草，伸长脖子看下方十几尺的渠道。

大概因为湿气重，水渠两边的石墙上，总是布满绿绿的青苔。与和平东路交会的桥边，有个木搭的茶棚，店面比路低，恰好架在水渠正上方。父亲带我进去过一次，临窗而坐，清风徐来，看下面潺潺流水，左右两排杨柳，沿着新生南路往信义、仁爱路而去，美极了！

只是这美，没几年，新生南路拓宽，水渠加盖，转入地下。直到那时候，我才知道这水渠名叫"瑠公圳"。

据说"瑠公圳"是为了灌溉台北盆地的农田，

早在一七四〇年，由漳州移民郭锡瑠（1705 — 1765）集资兴建的。因为新店溪、基隆河和淡水河，水面都比陆面低很多，除非用水车，不容易把水汲上岸。郭锡瑠不得不从新店溪上游的山区引水，甚至为了落差，造一条水桥，把水引到景美溪的对岸。可惜民众图方便，把水桥当成便桥行走，没多久水桥就垮了。瑠公没死心，又卖尽家产，打算挖一条水道，从新店溪河床下面把水引到对岸。可惜一七六五年一场山洪，又把水道冲坏，同年，瑠公就死了。后人继续把水渠完成，为了纪念瑠公，所以取名"瑠公圳"。

瑠公圳真是伟大的工程，它把水引到台北盆地之后，分为许多水渠支流，灌溉了几千甲①的土地，使台北一下子变得富裕繁荣。

我童年的那条小河就是瑠公圳的支流之一，由今天辛亥路一带斜斜地穿过台湾大学和早年的"兵工学校"，流过军眷区，进入文教区，再由师范大学旁边往北，流入剑潭。

脱离瑠公圳主流的小圳，虽然水小了、流得慢了，但是开始执行灌溉的任务，两边渠道由石砌变成泥土地，长满野草闲花，变成一条温柔的小河。

当时我家住在公教区与军眷区交界的云和街，我常穿过河边一户人家的院子，进入后面的眷区。那户人家姓杨，房子是利用河边地盖的违建，围墙非砖造，而是竹篱笆，上面爬满牵牛藤蔓，一年四季开着紫色的小花。他家的男孩也是我的好玩伴，我们常扒着临河的竹篱看水，那里没人干扰，又有好多柳树，树上站着翠绿的"鱼狗"，会像箭似的射入水中，再衔着鱼飞走。

我那杨姓的朋友也爱射箭，有一回他用自己做的"土弓"，居

---

①甲：台湾常用的土地面积单位，1 甲约合 2934 坪，1 坪约 3 平方米。

然射中一条黄色的水蛇。箭杆穿蛇头而过，他没下去拔箭，却守在水边半天，神气地指给每个经过的人看。

我也常跟他到小河里用畚箕捞鱼，一人拉着姜花，斜着身子，把畚箕伸进水里，另一人在岸上把风，看到有水蛇游来就大叫。我至今不知水蛇有没有毒，只记得它们长得五色斑斓，成排地齐头前进，长长的身子与水纹结合。水快，它们更快，瞬息掩至，又倏地消失。

小河上有个木桥，我常站在桥上扑打红蜻蜓，那些蜻蜓大概自认为飞行功力超棒，会算着人的高度，带点挑衅地卖弄。我则用个方法，先蹲着，等它们飞过时再突然跃起，狠狠地拍，居然常常得手。

我也在河边用鞋子打到过一只蝙蝠，它斜斜地落到对岸的草丛，我冒险涉水把它抓回家，先将蝙蝠长长的翅膀折好，再塞进瓶子，得意地秀给母亲看，把她吓得尖叫。只是第二天瓶盖没动，蝙蝠却不见了，从那以后好多年，我都认为蝙蝠懂得奇门遁甲。

眷区的大院是满载我美好回忆的地方，古榕树下总见老兵们摆龙门，说当年勇，最记得有个人笑说他跟日本鬼子肉搏，一刺刀捅进鬼子胸口，鬼子临死居然对他一笑。老兵边说边搔头："不知是不是以前认识？"

眷区中间有一口水井，是用水泵的那种。我最喜欢抓着长长的杠杆打水，用力连压很多次，看那沁凉的井水，从前面的水口喷出。也爱看混帮派的小太保，秀白亮亮的武士刀。还在眷区边上的小店买过一包"新乐园"香烟，躲在角落里点着用力吸，呛得眼泪直流。

我家对面是公教区，住的不是台大教授就是军中高官。左边巷口为台军界俞大维的官邸，开黑头车的司机常跟附近的三轮车夫敌着嗓子聊天。

最记得那些拉三轮车的退伍老兵，身上一块又一块的刺青和伤疤，每个都说得出一段让毛头小鬼瞪大眼睛的故事。有一天他们运来好多竹子，在河边搭了间吊脚屋，我曾受邀进去参观，上上下下全是绿色的竹竿，浓浓的竹香，至今难忘。

但不知怎么回事，竹屋建成才几天就一夕间消失，地上没留半片竹屑，连他们和他们的三轮车都不见了。有人说是因为前面某将军说了话。对于这事，我小小的心灵很不解，也很不平。想想竹屋确实遮住了将军临河的风景，但他们是将军从大陆带来的子弟兵啊！

小河往北，经过一个早年日本学校的大院，再一弯，就由住宅区进入田野。我常在田埂上奔跑，怕弄得一脚泥，回家挨骂，后来干脆把鞋子脱掉。只是有一次跑回来，球鞋不见了！大概因此，直到今天，我常梦到鞋子被偷。

也记得小河在流进师范大学之前，进入一个集水的池塘。有人造了辆水上三轮车揽客，父亲病逝前一年，带我坐过一次。车后螺旋桨啪啦啪啦打水的声音，和池边老树间映过来的红红夕阳，常浮过我的脑海。

去年冬天回台，一位还住在附近的小学同窗，带我去"殷海光故居"参观，指着园中一个水泥砌的干池子说："瞧！这是殷海光为他小孩玩水亲手挖的。"我问："水呢？"

"水没了！因为瑠公圳没了，以前的小河早不见了。"老同学笑道，"其实还有。"接着带我走到院子后面，指着一片杂草说："你看！那后面还有一点水，只一点点！制造蚊子的地方。"可不是吗？

就在殷海光院子和后面人家的围墙间，我看到一条不过三尺的水沟，有些水纹，应该还是活水；也有些臭味，大概因为旁边的淤泥。

"真好！"我说，"我以为瑠公圳早没了，支流也都被四周新建的房子掩埋，没想到还偷偷在这儿流着，让我看到童年的那条河，那条在我记忆深处，小小又大大的一条河……"

童年暮霭 / 刘墉作 / 纸本水墨设色 /93CMX173CM/2011（2011 台北中山纪念馆刘墉画展 / 苏富比香港拍卖预展）/ 林木和先生收藏

这张画是忆写我童年在台北云和街的旧居，中景是台大教授的宿舍，包括台军界俞大维的家，右中景有军用卡车的是"兵工学校"的营区，最前景大树下有老兵聊天和"手泵式水井"的是"军眷区"。我家是中近景那排房子的右起第三家，小河则是"瑠公圳"的支流。这幅画的题句很长而且押韵：

夏日黄昏，无限悠然。
古树下，男孩引弹弓，女娃荡秋千；
老人摆龙门，顽童捕鸣蝉。
竹篱旁，情侣窃窃私语；
墙角处，少年偷偷吸烟。
妇女们，井边汲水，檐下收衫。
家家兴旺，处处炊烟。
清风徐徐，流水潺潺；
暮霭如醉，彤霞向晚。

岁在辛卯春忆写童年景物，
刘墉于氤梦楼。
时六十有三矣。

我憧憬完美，也欣赏残破，

因为所有的完美，似乎都指向残破，

而那些残破，却常能映现完美，也更能融入自然。

伟大的人终会还给尘土，

伟大的建筑，终将回归自然。

这世上一切可爱、可恋的，

以及这可爱、可恋的世界，

终将离开我们，却又使我们成为她的一部分。

刘
墉
小
语

蒋介石不知道是不放心还是太关心，居然把张学良从三十六到八十三岁都软禁在离自己不远处，而且虽然称为软禁，其实防伺甚严，每个地方都最少有三层警戒。

不怕死，不爱钱，丈夫决不受人怜。

顶天立地男儿汉，磊落光明度余年。

——张学良

　　到新北投的"少帅禅园"，这名字是现在的"经营者"所取，其实应该叫"张学良故居"或"张学良早年被软禁的地方"。如果再往前追想到日据时代，则是"幽雅招待所"或"神风特攻队员慰安所"。

　　多讽刺啊！最主张抗日，甚至不惜兵谏，造成"西安事变"的少帅，后来居然长期住在这个日本神风队员饮酒作乐的地方。

　　招待所的位置真好，居高临下，正对着北

投市区，下面地热谷的温泉蒸汽，能把这儿衬托得如同云上仙居。

蒋介石也妙，西安事变之后，国共合作，却把张学良判了十年徒刑，虽然立刻特赦，还不放心似的把少帅一路带在身边"软禁"。尤其安排在"禅园"这几年，不过隔一座山，就是蒋介石的"草山行馆"，两个豪宅建在同样高度、同样坡度，两位以前一块玩的哥们儿，几十年后，甚至能够俯视同样的风景。

让我想起张大千的一方"收藏印"："东西南北只有相随无别离"，蒋介石不知道是不放心还是太关心，居然把张学良从三十六到八十三岁都软禁在离自己不远处，而且虽然称为软禁，其实防伺甚严，每个地方都最少有三层警戒。

而今的禅园虽然已经转由民间经营，变成养生会所，仍能见出当年严密的格局。从山头的入口，几乎四十五度角的台阶往下，左边先有个小房子，是当年的警卫亭，可以盘查访客的身份。右边台阶下不远有一栋两层楼房，应该是警卫宿舍。下面花木扶疏，隐约可见少帅故居的主建筑，单单从灰色屋顶的大气窗，就能猜想里面的规模。

建筑虽大，入口却窄，小小的格子门几乎贴着岩壁下来的石阶，右边还有瀑布流泉，真是隐蔽极了！

进门是宽敞的大厅，虽然经过改建，还能显示当年的气派。窗外正对着观音山和关渡平原，淡水河一川如带，绕过山脚，进入大海。左右环抱，都是山，后面高起，有公路通往台北市及阳明山，正是"左青龙、右白虎、前朱雀、后玄武"的绝佳风水。

大厅左边通厨房与两间幽静的小和室，右边有五大间，前面三间是卧室和餐厅，最后一间有书桌太师椅，墙上挂着字画，还放了少帅和赵四小姐（一荻）的照片，应该是书房。

书房两面临窗，有门通往后面的阳台和淙淙流泉，水上有桥，池里有锦鲤，还有个水车，以旁边的小瀑布驱动，唧唧唧唧地转着。

过桥又是个大花园，种满山樱、杜鹃、含笑、玉兰和松柏类的常青树。园子那头还有栋小屋，长长伸出的屋檐上挂着红灯笼，下面两尺高的台子上，有三个雾气氤氲的温泉池。我常坐在池边泡脚，欣赏山下的景色和眼前的禅园。入晚，屋里的灯亮了，一格一格的黄色光晕，让日式房舍成为黑色的剪影。加上后面的蒲葵树林、淡淡的山岚和深蓝的夜空，活像广重①创作的浮世绘。

最近去禅园更有感触，因为才看过日本电影《永远的零》，见到神风特攻队员的矛盾怯懦与不甘。想七十年前，在这台北近郊的山头，一群毛头小伙子，装出怎样豪放的笑声，掩盖内心的痛苦。

都是日本军阀愚昧的帝国主义啊！也因为他们，使少帅从蒋介石、蒋经国到李登辉的时代，被幽禁度过半世纪的岁月。终其一百零一岁的一生，想着、想着、计划着，还是没能回到东北的故乡。

而今禅园另一头建了少帅纪念亭，除了张学良的雕像及生平事迹，还在四周玻璃墙上雕刻了少帅的笔迹：

①广重，即19世纪日本浮世绘画家歌川广重。

右边两句是少帅自况：

两字听人呼不肖，

半生误我是聪明。

中间两句是挽蒋介石的对联：

关怀之殷，情同骨肉。

政见之争，宛若仇雠。

左边一段是少帅的自抒：

不怕死，不爱钱，

丈夫决不受人怜。

顶天立地男儿汉，

磊落光明度余年。

署名张学良，一九九〇年十二月卅一日。

应该是他终于获得自由，离台赴美之前吧！

少帅禅园 / 刘墉作 / 水墨淡彩宣纸 /84CMX259CM/2013

这张画描绘依山而筑的少帅故居，由最高点入口拾级而下，左为警卫亭，右为警卫宿舍。纯日式主屋在最下方，横幅开展，居高临下，俯看温泉山谷及关渡平原，远眺淡水河与观音山。

早春黄昏，樱花盛放，少帅正宾客盈门。园中有站岗者、迎宾者、赏花者、观流者、远眺者，屋内有鉴古者、饮茶者、凭窗者、奉食者、引客者。晚风习习，云岚渐起，与温泉之蒸汽、飞流之水雾和晚炊之烟火交织。极目关渡平原，川流如带，观音如卧，残霞在天，夜幕将垂。想一代名将，虽然抗日有功，只憾政争无情。历史无过，英雄已远，在无限感慨中画成这幅近九尺的作品。

孤独使我们不得不面对自己，
无助使我们不得不拼全力。

从未经历孤独无助的人，
很难知道什么是山穷水尽、什么是人情冷暖、
什么是天高地厚、什么是苟且活着的价值与尊严、
什么是"小隐忍只为大抱负"。

孤独无助的人没有悲观的权利，那是人生的功课，
面对它一关一关过！
经历之后我们才能活得大方看得透彻。

刘

墉

小

语

倒是那四合院，终于让我看清楚了。而且没有改建成餐厅民宿，没有矫饰，也不杂乱，很自然很生活，就像母亲生前说的。

两岸刚开放，就随母亲回北京。堂哥请我晚餐，从下榻的王府井走路，没多远就到了他灯市口的家。窄窄小小的胡同，似乎还是黄土路，没什么人，只一辆脚踏车唧唧唧唧地骑过，还有一只黑狗，站在围墙的阴影里盯着我们看。

走上门口的台阶，进小院，正对着一堵墙，墙下堆满了杂物，往左转，又进个小院，左边一排房子，窗框上蓝色的油漆已经斑驳，再往右转，进了个黑乎乎的门，门边靠着几辆脚踏车，右侧就是堂哥的家。

"瞧！我们正盖厨房呢！"堂哥指指一堆黄土砖，每块都不一样大，"是我自己和的泥。"堂哥兴奋地把我往屋里带，介绍给堂嫂。房子很小，只长长窄窄一间，中间隔个帘，靠近屋顶有根挺粗的管子从外面伸进来。"墉弟见笑了，这是咱北京人的暖气。"

晚餐是堂嫂做的，就在里面小屋的床边，一个铺着红色塑料布的小圆桌。蒜薹真可口，既肥又绿还甜，却放得离我最远，每次我伸长胳臂夹，堂哥都挡："墉弟吃这个，白带鱼！市场难得见到。"可说实话，那鱼腥得我受不了。

晚餐后，就坐在床边聊天，应该是双人床，但是很窄，床边墙壁上有个圆圆的窗子被封了起来，上面贴着风景月历。堂哥神秘兮兮地对我笑，小声说："墉弟您看！"接着由棉被下面拖出个白铁盒子，又笑笑，带点得意："我可有这玩意儿。"原来是个录像机。"得偷着看。"堂哥指指那圆窗子，"隔壁就是别人家，怕人知道。"见我一怔，他做出个很奇怪的表情："就一层板儿，什么都听得到。'文革'时候，隔壁那女的挨揍，整夜哭，隔没多久，死了！"

这时候我才知道堂哥住的是四合院，小时候总听我老娘说什么正房、厢房，东厢西厢，见爷爷要进屋，媳妇赶紧把好东西收起来，装穷。又说什么长工住在"倒座"，靠近大门可以招呼客人。还讲：大门不出，二门不迈，二门可漂亮了！两个顶，还带花儿，是"垂花门"！

"咱家就在垂花门边，加盖的！"堂哥说，"四合院儿，四面儿嘛！都有房，咱这个在中间。"

又指指外面："十家哪！总共十家。原先只住一家，现在挤了十家。"还说："墉弟啊！要不要买个四合院儿，现在有人卖，不贵！可你得有本事叫里头的人搬走。"

没几年，大陆经济起飞，大搞建设，好多人听说我曾经有机会买个四合院，都骂我笨，说现在好多四合院都改成餐厅民宿，别说天价了，要买都买不到。

可不是吗！又过十年，去北京，旅馆的窗外整夜在闪光，一道又一道，厚厚的窗帘都挡不住，还夹着叮叮当当的敲打声，四处都把四合院拆了，连夜赶工，改建成高楼。

但我还是对母亲嘴里的四合院好奇，曾经一个人钻进小胡同，从门隙张望，甚至私闯民宅，窥探四合院的真面目。

可说实话，我没清清楚楚看见半次，因为全住满人家，各自加建，变样了。第一次看清楚四合院，还是在王正方导演的电影里，一个中间架着瓜棚，下面摆着凉椅的画面。

还有一回是六年前，一位北京朋友请客，说他家是四合院，但是进去也跟堂哥家差不多，从街上一脚就进了房，先是窄得只容一人转身的厨房，里面小小一间餐厅兼卧室，没后门，吃完饭，又由原先的小门告辞。主人站在离家一箭之遥、车水马龙的大街边，抬头看着四周的高楼说，过不了多久，他家就要改建了，建商有安排，他要住大楼了。再指指老胡同东一堆西一堆的垃圾："所以好多人都在赶着加盖，占的地方大，以后可以多分一点。"

大前年，又回北京，出版社一位老友陪我去"雍和宫"，出来，发现四周有不少老房子，我就提议进胡同瞧瞧。虽然还是一片灰灰

的，那里的胡同却整齐得多，就算有些瓜藤沿着电线横着爬过头顶，也翠绿翠绿，挺美。地上好多小果子，捡起来细看，居然是枣儿。能吃吗？我问朋友，她摇头，说她也很久没进过这种小胡同了。我想放进嘴里，但是看见路边玩耍的几个小朋友，对满地的枣子视若无睹，又犹豫了。但还不死心，见到一位大婶，就问她。大婶挺和善，看我手里的枣儿，笑："太小了！"接着带我进她家，居然满地都是，抬头一棵大树，全是枣。大婶捡了两颗，先给我看一眼，又说要为我洗洗，转身往里走。那不是"垂花门"吗？我跟着她的步子，上台阶下台阶，眼前一亮，是个小院儿，方方正正，四周摆了好多花盆，一个大大的缸子，伸出片片荷叶。前后左右全是房，还有廊。大婶弓着腰，在院子边一个龙头下洗枣子，甩甩水，还用袖子擦了擦，递给我们："能吃啦！只怕不好吃。"

我咬一口，很脆也挺甜。暗想：这么好的枣子，落满地，不是很可惜吗？也许老北京人见多了、吃多了，又太多了，已经不稀奇。

倒是那四合院，终于让我看清楚了，而且没有改建成餐厅民宿，没有矫饰，也不杂乱，很自然很生活，就像母亲生前说的。

新正雪霁图 / 刘墉作 / 纸本水墨设色 /93.5CMX175.5CM/2015

此张画的是我想象的百年前，紫禁城边仍有民居，可以见到马车、驴车、黄包车甚至独轮车及街头卖艺"拉洋片"的。炊烟四起、彤霞在天，大约有近两百个车马人物和猫狗鸡鹊，织成新正雪霁，人们纷纷出来拜年嬉戏的繁华景象。

我以深色的护城河水、背光的紫禁城墙和暮云彩霞，对比出皑皑白雪的角楼和民居。四合院的安排多半合于传统格局，并且有大小错落的变化。护城河边的大户人家合于"左青龙右白虎前朱雀"的风水，门前车马喧哗，访客接踵，仆从引路，猛犬狂吠，主人正掀帘而出，十分气派。左下方角落则有怀抱幼儿跪在路边的行乞者、施舍者和拉扯的孩童。广场上烟花冲天、卖艺人敲锣舞枪、小贩叫卖、儿童嬉戏。这许多情景对比出的社会炎凉和人情百态，是我在繁华背后的感触。

当我们小时候，长辈常用强制的方法对待我们，
叫我们一定吃什么，又一定不准吃什么！
他们这样做，是因为爱护我们！

而在他们年老，成为需要照顾的"老小孩儿"时，
我们则要反过来模仿他们以前的做法——
用强力的爱！

如此，当有一天他们逝去，
我们才可以减少许多遗憾！
因为我们为天地创造了一种公平回馈，
以及——无怨无悔的爱！

刘墉小语

花

魂

落花人独立

视线模糊了，摘下眼镜低头擦拭，发现四周草丛和树干上有好多鲜丽的小点子。抬头，一惊，满天绯红！树很高，几乎隐没在雨雾之中，点点飞花拖着道道冷雨，纷纷坠落……

一月中旬到故宫[1]看展览，见旁边的至善园梅花初绽，于是隔周带着画具去写生。进门吓一跳，原以为该是梅花成海，居然换作满眼新绿，还隐约可见小小的梅实。只有"松风阁"旁一棵两丈多高的树顶一片红，是绯寒樱！

那树应该很老，才能长得奇高，又一定曾经生病或遭遇强风，靠近下面的枝子全断了！所幸树梢还能开花，而且大概集中整株的力量，特别明艳。

樱花的种类很多，最著名的应该是吉野樱了，日本气象厅怕民众错过吉野樱开，甚至会预告各地的"花期"。更有所谓"樱花祭"，吉野樱盛放的时候，人们携家带眷聚在花下，

[1] 这里指的是中国台湾的台北故宫。

整夜地饮酒高歌，让人想到李白《春夜宴桃李园序》中的"古人秉烛夜游，良有以也"，道理很简单！唯恐春花易逝、韶华不为少年留。晏几道《临江仙》"落花人独立，微雨燕双飞"形容得更好：因为微雨，花愈易落；因为花尽，人愈孤独。

吉野樱是人工育种，多半娇生惯养，所以很不耐，一阵风来就花落如雨。但是台湾绯寒樱不同，她世代在凄风苦雨的山上成长，所以强壮得多。加上花形不同，吉野樱盛放时拼命伸展花瓣，一团一团地簇生，甚至能把枝子压弯，而绯寒樱是"吊钟形"，就算盛放也只半开，像是张着小嘴挂在枝头，风来雨来甚至霜雪来，都只能落在"小铃铛"的外边，花朵朝着地面，依然吐蕊绽放。也就有轻车熟路的蜜蜂从下往上飞，钻进去采蜜，甚至躲在花里避寒。想想！如果有个红红透明的小玻璃屋挂在半空，任凭冷雨寒霜从四周坠落，里面明窗斗室、晶莹剔透，还供应甜蜜香醪，小虫进去能不陶醉吗？

正因为绯寒樱都朝下绽放，所以我特别喜欢仰望的感觉，如果像至善园的大树就更好了，她让我一下子飞回惨绿少年。那时候我高二因病休学，很忧郁，特别喜欢独自登山。最记得有一回从阳明公园远眺，看见大屯山整片早春的翠绿森林中，跳出一团艳红，美极了！于是决定上去寻芳，看看那棵树真正的样子。

双燕嬉春风 / 刘墉作 / 绢本工笔双反托 /132CMX70CM/2014（应邀 2014 北京 APEC 会场展出）

早春的阳明山有些湿冷，纱帽山、七星山和大屯山间的寒风夹着冷雨，一层层像纱帘似的扯过。我独自从阳明公园旁的小路绕到后山，再沿着大屯瀑布旁的古道往上爬。雨中布满青苔的石头很滑，山势陡又没护栏，失足坠落也没人知道。终于到达瀑布顶端，有个小房子，似乎是积蓄泉水的地方。前面山麓的地势较平，从一片枫香杂木林间隐约可见一抹红，应该就是那棵绯寒樱了。为了寻花，我不得不舍弃原有的小路走进树林。草很高还常带刺，树叶上有许多米色的毛毛虫。我捡了根树枝拨打草丛，不时听见里面窸窸窣窣"小动物"遁逃的声音。

　　烟岚夹着冷雨，虽然不大，但是积在树梢的雨水随风一波波洒落，噼噼啪啪打在我的脸上。视线模糊了，摘下眼镜低头擦拭，发现四周草丛和树干上有好多鲜丽的小点子。抬头，一惊，满天绯红！树很高，几乎隐没在雨雾之中，点点飞花拖着道道冷雨，纷纷坠落……

月夜枭雄／刘墉作／绢本工笔／132CMX70CM／2014

2014 年秋，就在我要由美返台前，突然接到经纪人吴桐女士告知在北京举行的 "亚太经济合作组织 APEC" 会场，要悬挂我的春夏秋冬四屏花鸟。使我不得不改变行程，留在纽约创作。这本书里随着文章，刊出了春夏秋三张。现在附上冬景《月夜枭雄》，里面也有故事：

雪天月夜，小老鼠肚子饿了，出来找东西吃，可以看到覆雪树干上的小脚印，猫头鹰瞪着圆圆的大眼睛，目光如电，利爪如钩，正从小老鼠背后悄悄飞近。猫头鹰的 "飞羽" 有特殊的软边，所以飞翔的时候能够悄无声息。可怜的小老鼠，快逃啊！

我有一位朋友最近刚学会游泳，
我问他有什么心得，他说：
"当我全身放松，水就把我托起来；
当我一紧张，它则使我沉下去。
我发现放松自己，
竟是那么困难的事。"

人生不也是如此吗？
许多事情如果我们心平气和，泰然处之，
常能容易地解决。
倒是斤斤计较，战战兢兢，容易导致失败。
如同游泳一样，
放松应该是我们学习任何事的第一步。

刘
墉
小
语

画牡丹

她的富贵是来自积蓄，她的脱俗是来自平凡，她的端丽是来自涵养，她的圆满是来自残缺。她令人惊艳，是因为她以一年三百多天的沉潜，等待早春的勃发。

小时候到父亲办公室，父亲总会让我坐在他的位子上，交给我几张白纸和一根铅笔，由我乱涂。每次我都会画花，先画个小小的圆圈，表示花心，再像勾鱼鳞似的往外加上一圈又一圈的花瓣。最后画根直直的花茎，左右对称地添上两片叶子。

说实话，我画得死板极了！但是父亲非但叫好，还会要同事们过来看。大家少不得也跟着赞美，说我画的花真活、真漂亮，一定是牡丹。

牡丹！牡丹！几乎每个人都说我画牡丹，问题是我从没见过牡丹，问父亲牡丹是什么，他只说是富贵花、天下最美的花，再加一句："可惜台湾看不到。"我问牡丹是什么颜色，父亲说多半是红的。听他这么形容，我后来以铅笔勾完花，还会用红蜡笔把花瓣狠狠涂一遍。蜡笔遮住原先铅笔的线条，只见一片红，加上直直的花茎，活像一根棍子上绞着一团红色的棉花糖。

妙的是，父亲还一个劲儿地叫好，说："我儿真棒！画得就像真牡丹。"他还会拿另一张白纸跟我的"红牡丹"紧紧贴着，再放到电灯泡上烤，蜡油被烤化了，自然印到另一张纸上。而今五十七年过去，父亲当时站在床上，双手把画举到灯泡前，那黑乎乎的身影、明明灭灭的灯光、红红艳艳的花瓣、弥漫一屋子的蜡油味，和母亲一个劲的责骂，还常常浮现我的脑海。

父亲没帮我"复制"几张牡丹，就因大肠癌离开这个世界。从那以后，我依然画画，画各种花，只是，不再画牡丹。

直到二十年后，台北故宫博物院从日本空运几十盆牡丹，在"至善园"的长廊上展出，我才带了写生簿去，画了平生第一朵真正的牡丹。

大概因为配合旧历年，用了催花的方法，那些牡丹都不大，叶子也贫弱得好似雏菊。但我还是很感动，一口气写生了四五张，非但忠实地描绘花朵，对于"叶脉"和"叶序"也做了详细的记录。叶片小，不会重叠在一起，反有个好处，是看得清每片叶子。我细细数，发现牡丹好像很懂数学，从花朵往下，先是一片叶，然后是三片叶，再下来是五、七、九，那变化巧妙极了。回家查书，才知道植物学称为"二回三出羽状复叶"。

隔年新正，台北宾馆又有牡丹花展，据说是蒋夫人原先种在阿里山上的。我又带了写生册去，老远就闻到一股幽香，挤过围在四周的人群，吓一跳，只见几棵足有人高的花树，挂满红紫色的花，每一朵都有汤碗大。那天我没写生，一方面因为四周人太多，一方面因为花太多，太大，又太一个样子，让我不知从何落笔。只是，我懂了！为什么小时候用红蜡笔涂成一大团，父亲会说"就像真牡丹！"

再见到牡丹，已经人在美国。因为我担任美术馆的驻馆艺术家，常应艺文界的朋友邀宴。有一天去个豪门，女主人拉着我进花园，穿过整片盛开的石楠、椴梓和茱萸，得意地弯下身，指着一朵直径不过十公分的小黄花说："瞧，黄牡丹！"

那花挺香，有点柠檬味，可是矮矮小小，花瓣也不多，实在不太有"富贵花"和"一团红"的样子，为什么女主人好像很得意呢？我虽然学四周的贵妇，用高呼的方式表示惊艳，只是直到我搬到纽约多年后才搞懂，那是稀有的牡丹名品"姚黄"。

纽约的芍药很多，却难得看到牡丹，所幸我任教的大学附近，有一户人家，就在门前种了株五尺高的粉红牡丹。年年花开时，我都特别去写生。有一回屋主老太婆，出来看我画，还摘了三朵盛开的大花给我，使我能回家细细描绘。

来年，我又去那家画牡丹，只是牡丹不见了，倒是看见一个中国人正在整院子，才知道老太婆死了，房子被这中国人买去。我问牡丹花呢？新屋主一怔，问："什么牡丹？"经我解说，他才懊悔万分地说，冬天搬过去，只见前院一棵小枯树，于是挖掉扔了。

所以当我后来自己种了牡丹，每年冬天，都会在枝头绑上黄丝带。好几个邻居问我是不是盼什么人归来。我说，不是盼人，是盼花。希望园丁别以为那些看来干枯的枝子是死树，而把她们清除。

我也年年三月就开始写生牡丹，记录她们怎么从干枯的枝头，长出不起眼的褐色鳞芽，冒着冬寒开展，伸出红绿色的新叶。每片叶子都像合十祈祷的小手，护着中间的蓓蕾。

四月，只要日子稍暖，那些小手就拼命往上伸，不过五月初，已经长成挂满绿叶的小树，绿叶间藏着翡翠小桃子般的花蕾。突然，小桃子裂了，从里面迸出花瓣的一角，再用力，挣脱花苞的束缚，往外挤、向外伸，展露薄如蝉翼的花瓣。

我最爱画初绽的牡丹，因为挣脱苞片的花瓣会像喷泉般，朝着一边舒展，呈现敧斜翩跹的舞姿，直到每个花瓣都绽放开来，才成为团圆饱满的样子。可是细细端详那些花瓣，又会发现每片都不一样，而且多半边缘非但不圆滑，而且是缺裂的。

所以我常边画边想，牡丹真是富贵花吗？她确实富贵，尤其有着千层花瓣的牡丹，盛放时攒簇丰盛、馨香浓郁又艳冠群芳，无怪被称为花中之王。

只是赏牡丹的人多半没种过牡丹，岂知牡丹花落就韬光养晦、回归平凡。她是灌木不是乔木，原本就没有英挺之姿。她的皮又多裂纹，怎么看都显得苍老拙朴。尤其深秋落叶之后，怎么看都像枯

迎风牡丹 / 刘墉作 / 绢本没骨撞粉重彩 /60CMX90CM/2013

枝朽茎。所以她的富贵是来自积蓄，她的脱俗是来自平凡，她的端丽是来自涵养，她的圆满是来自残缺。她令人惊艳，是因为她以一年三百多天的沉潜，等待早春的勃发。

今天，我又画牡丹，为了表现牡丹不畏风雪的精神，我特别设计了迎风之姿，看似屈服于强风的叶片，反而乘风起舞。看似华美的花朵也各有风骨，我先用洋红和淡淡的水粉"相撞"，画出三朵粉红的大花。接着以胭脂和花青，层层染出两朵迎风的深红花，为了画出红得发黑又厚得像丝绒的花瓣，我一次又一次地晕染。画着画着，觉得自己仿佛回到了童年，坐在父亲办公桌前，用红蜡笔狠狠地涂抹，背后传来父亲温暖的声音："我儿真棒！画得就像真牡丹！"

在这世界上，谁没有希望呢？
就算一时好像无望，也不是真无望，
希望总在那儿等着我们，它总会出现。

欢欣的孩子，总能看透乌云，见到太阳。
积极的人们，总能看透绝境，见到希望。

刘墉小语

火凤凰的重生

浴火重生，最刺激的是，他先死，死得无望，让人惋叹：『完了！』但是接着重生，而且重生之快，简直是奇迹。

　　小时候我最爱看"火凤凰"的故事，那只全身披着金色羽毛的火凤凰，每五百年会在自己的巢里引火自焚。故事书的插图到现在还记忆鲜明，只见一团红色的火焰，里面一个黑影，先是扭曲成一团，再一点点长大、站起，浴火重生，成为更灿烂光华的火凤凰。

　　我太爱这个故事了，甚至认为自己就是只火凤凰。因为十三岁那年冬天，家里的煤油炉在我身边爆炸，当时只听砰一声，一股热风把我狠狠一推，眼前全是红，我往屋外冲，连睫毛都烧光了，却一点没伤，还帮近六十岁的老娘，在废墟上盖了个小草房。我浴火重生，突然间长大了。

那场大火也让我相信曼陀罗是火凤凰。因为家里的扶桑、山茶、罗汉松和椰子树全没了，只有曼陀罗虽然烧得焦黑，却没多久就冒出绿芽，再隔几个月，居然枝繁叶茂，比失火之前更大了。

浴火重生，最刺激的是，他先死，死得无望，让人惋叹："完了！"但是接着重生，而且重生之快，简直是奇迹。记得开花那天，我先没发现，夜里一个人撑伞踩过废墟去厕所。因为是砖造，厕所躲过大火，成为高起的一垛，屋顶没了，只剩烧得焦黑的柱子，毛毛小雨，在邻居灯火的逆光下，一丝一丝，像千万根银针罩着我。伞上传来滴答声，还有远处人家的笑声。失火前一起住的姥姥、舅舅和舅妈都搬走了，有点寂寞，有些失落，突然闻到一股幽香，挺熟悉的寒香，却想不起是什么。我循着香味，小心绕过原先姥姥房间的废墟，香味更浓了，一波一波飘来，在一片瓦砾和焦土之间，看见几点白，在雨中颤抖，曼陀罗居然开花了。

大概因为曼陀罗的香味太浓，许多人不喜欢，其实只要隔远一点，那香味就变得幽雅。尤其白色的曼陀罗，非但花形漂亮，像是边缘翘起的喇叭长裙，每走一步，都一摆一颤风姿绰约，而且香得正。

有些人不关注曼陀罗，也可能因为她好种，可以播种，也能插枝。小时候我家里那棵，就是母亲带回一截秃枝，随意插在土里长成的。

还有个可能是曼陀罗有毒，人们怕小孩误

食。但她的毒就像她的馨香，吃多了是毒，吃对了是药，是麻醉药、春药，还能提炼成眼科用的瞳孔扩张剂。

多复杂的个性啊！那么美！那么平凡！那么有用！那么危险！那么醉人！如果曼陀罗是位少女，男生怎么应付？

去年春天到台北近郊登山。发现一个小山洼里四周全是相思树和姑婆芋，唯有中间曼陀罗成林。多壮观啊！从叶腋探出秋葵似的大花苞，前端破开，伸出长长的喇叭花冠。初绽时低着头，羞怯得像绞手绢的小女生，盛放时抬起头，五个尖尖的花瓣展开，如热情的西班牙舞娘。

千万朵白花，像大大的铃铛，垂在风中摆动。机不可失，我坐在石阶上打开写生簿。除了风声虫声，曼陀罗林下还不断传出草叶摩擦的声响。我身边的写生袋里有削好的苹果，果香与花香融合，太香了，有点醉。

终于画完了，我伸手拿写生袋，发现上面有个小东西，长长的身子、大大的眼睛，是只小蜥蜴。"请让让！"我对它说。居然旁边还有两只，这些小东西没毒，我以前登山时常看到，所以不怕。我笑笑站起身，旁边黑影闪动，赫然发现背后石阶上，大大小小居然站了六七只，搞不好是一家蜥蜴。只好把写生袋打开，拿出苹果，左一块、右一块，分给"大家"。

下山的脚步很轻，心情也很轻。一个人坐在荒山石阶上写生，有那么多小朋友在四周陪伴，多有意思。

不知为什么，又想到那个十三岁的晚上，一个人在废墟上，四周邻人的灯火和笑声，却很寂寞。

风来，何处幽香？

醉花阴／刘墉作／绢本工笔没骨双反托／工笔/132CMX70CM/

2014（应邀2014年北京APEC会场展出）

这张画用了绢本双面画法，先在绢的背面染几次白色，再在正面淡淡染上透明的黄绿，使得既有立体感和花的重量，又有绿色的鲜丽与剔透。两只小鸽子在花下紧紧靠着温存，所以取了个很诗意的名字："醉花阴"。还题了首诗：

南国曼陀罗，春来开满棵。迎风散幽香，对月舞婆娑。城里登山客，寻芳相猜测。林深不可得，叩门问隐者。隐者语迟迟，摇头笑君痴。山中多奇卉，时有馨芬至。只消自怡悦，何须呼姓氏。岂若名利场，唯恐人不知。

一个脆弱的心灵，不敢凝视美丽，

因为他知道所有的美丽都会褪色，

所有的生命都将逝去。

一个强壮的心灵，敢于面对哀愁，

因为他知道所有的哀愁都将淡远；

所有的哀愁，

有一天，都能被咀嚼、被纪念、被转化，成为大爱。

刘

墉

小

语

芙蓉醉酒

芙蓉不是『拒霜花』吗？在秋天百花凋零的时候，她却能绽放；当菊花只能盘踞地面，芙蓉却能高挂枝头。历代多少画家，唐伯虎、张大千、黄君璧，都有芙蓉传世。

从北京飞台北，车子将进首都机场了，突然看见路边树丛里摇曳着几朵粉红色的大花，不是蔷薇也非玫瑰，叶片宽宽的、花柄长长的，倒有点像芙蓉，难道因为地球暖化，在北京也能种植南国的花卉了？

算算时间，农历九月初，正是芙蓉开花的时候。

"到了重阳，就可以去写生芙蓉。"这是大学时代，林玉山老师在课堂上说的。不知道为什么，从那以后，每次听到重阳，就让我想起芙蓉，还曾经在毕业之后，找林老师一起去写生。

也幸亏有林老师指引，知道台北师专（也

就是现今的台北教育大学）的芙蓉最多。只要进校门向左转，就有整排的芙蓉。而且地方大、阳光好，每棵都长得足有九尺高，枝繁叶茂、无拘无束地向四面开展。这种花特别入画，因为既有高高挺立的，也有欹斜委婉的。

自从林老师多年前仙逝，我就再也没画过芙蓉，而今既然正好回国，又碰上芙蓉开花的时节，我决定好好作一番写生。所以隔天，就赶去台北师专。也许因为是假日，门口警卫没有拦阻，校园里很冷清，我正高兴可以安静地写生，进门左转却大吃一惊，芙蓉呢？全不见了！只剩下空空旷旷的草坪。

所幸我的母校台师大距离不远，记得学生时代，在第一栋红楼"课外指导组"的窗外，见过一株瘦瘦高高的芙蓉，我又驱车前往。

花也不见了，连校门口的孔子像、喷泉和七里香的树墙都没了。我还是不死心，想起曾在民生东路一个天主堂外，见过几株芙蓉。再赶去，教堂还在，芙蓉也在，只是由一整排变成一小棵，没半个花苞。

路边没有，花市总有吧！第二天，我又到建国花市，一摊一摊问，每个人都摇头，除了朱槿，只看到一株矮矮小小像芙蓉掌状叶的花，原来是野生的单瓣芙蓉。

我失望了，除了失望，还有伤心和不解，不解为什么在我童年记忆里，处处可见的芙蓉，一下子没了？是因为那花插枝就能活，太平凡？还是因为芙蓉的茎太弱，叶片又大，禁不起风雨？抑或由于芙蓉的每朵花都只能开一天，太不耐，所以不被人们喜爱。问题是，芙蓉不是"拒霜花"吗？在秋天百花凋零的时候，她却能绽放；当菊花只能盘踞地面，芙蓉却能高挂枝头。历代多少画家，唐伯虎、张大千、黄君璧，都有芙蓉传世。四川成都更因满城芙蓉花而有"蓉城"的美名，为什么在台北，我竟然找不到一朵芙蓉？

没想到，事隔一个礼拜，有一天去民生小区理发，走出美容院，突然眼前一亮，在小区公园的边上，闪出一抹熟悉的颜色，不正是我众里寻他千百度的芙蓉吗？

那芙蓉是种在花盆里的，花盆又放在花坛的水泥墙边。高上加高，使我不得不仰着头画。

逆着天光看去，翠绿的叶片上，每根叶脉都很鲜明，她们由同一点发出，加上长长的叶柄，令人想到荷花。花朵也一样，荷花有明显的花脉，芙蓉也有；荷花的花脉是粉中带绿，芙蓉也相似。连荷花的茎上有毛，芙蓉也差不多。怪不得人们说荷花是"水芙蓉"，"她"是"木芙蓉"。

风不断吹，宽大的叶片在风中摇摆翻转，前一秒才是正面，下一秒已经成为背面。使我不得不抓住每个瞬间的记忆，抬头看一下，再低头画刚才的印象。不断仰头低头，有点晕，画着画着，竟然觉得自己回到了童年。

小时候，我家院子里有一棵芙蓉，因为树下是土坡，我常在那儿"开山造河"，先挖出一条从坡顶往下延伸的小沟，再提一大桶水，

从"山头"倒下去，看那沛然而下的"山泉"，在"河谷"里奔腾。正因为我"以小观大"，所以每次抬头，看上面芙蓉茂密的叶片，都觉得那是棵浓荫的大树。

秋天，芙蓉花开，就更有意思了。她会随时改变颜色，早上白白带黄的花瓣，下午逐渐染红。我放学回家，在花下没玩多久，可能再抬头，原先粉红色的花朵已经变为深红。接着，层层饱满的大花，就逐渐关闭蜷缩，好像睡着了！

睡着的花苞，隔天八成落到地面。怜她早凋，我常将残花拨开来，把花瓣一片片拉直，希望回复盛开的样子。但她们很固执，才拉开，又立刻缩回去。

芙蓉的花蕊也是蜷曲的，蕊柱跟花瓣绞在一起，可能正因此，芙蓉花瓣不像一般花朵，层层向外开展，而是朝着不同的方向转动，像是由好几朵花组成，比牡丹还有变化。

芙蓉花蜜很甜，除了蜜蜂喜欢，蚂蚁也爱，连残花里都常藏着依依不舍的蚂蚁，这又给我制造了另一种顽皮的趣味：先把芙蓉像是五角星星的花托摘下来，再摆上几只蚂蚁，放到我的山泉里"疾流泛舟"。

沉浸在童年的回忆，也沉浸在芙蓉的幽香。我过去曾跟许多人为芙蓉的香味争辩。一般人不觉得芙蓉香，是因为没在花下长时间停驻。芙蓉的香味很幽，似有似无，带一点点冷香，连叶子都有类似的味道。或许也因为"冷"，据说捣碎了还能外敷，有化瘀去肿的功效。

我也曾因为纽约大都会博物馆，把一张国画芙蓉标示为牡丹，跟他们作了一年论战。虽然我赢了，新闻还上了报，但我后来常想，为什么到美国几十年，见了许多植物园，和无数锦葵科的花，却没看到一朵我童年家里的芙蓉，怪不得美国的植物学家会把她误为牡丹。不过我喜欢芙蓉的英文名字 Cotton Rose Hibiscus，意思是花苞像棉花，花朵像玫瑰的扶桑花。

花坛外紧邻着街道，有小学生成群嬉闹地跑过，有年轻妈妈推着娃娃车走过，有中年妇人边走边说八卦，有房地产掮客，站在街角指指点点。

我的背后是个凉亭，外面爬满藤萝。亭里有几组石桌椅，两个老人在聊天，大概先谈政治，一个激动，一个平和，不断劝说"是非成败转头空"之类的话。突然有人加入，就话锋一转，好像说到个总在那里聊天的老朋友，前两天还邀大家喝茶，昨天突然去了。然后安静了一阵。听到脚步零零落落地，渐远。

不久，又过来个老头，站在凉亭边上甩手，不断甩，不断哼。还有个老太太，弓着腰，绕着亭子走，一圈又一圈。又听见个年轻女人的声音，拉着嗓子问其中一位老人："按时吃药了吗？吃饭了吗？东西新不新鲜？吃不完的东西要记得放冰箱，剩菜要看看坏了没有。"

突然传来嘶嘶的声音，接着看见一条水柱，从花坛的一头往我这边移动，喷水的是个五十岁左右的男士。"要不要我让开？"我问他。"不用不用，这边不用喷。"他探头看一眼我的写生册，说，"木芙蓉！荷花是水芙蓉。"我笑答："真内行。"他便打开了话匣子，说那里的花都由他照顾。他是义工，就住对面。又说过些时，记得来赏茶花，一位里民^①新捐几十盆，指定由他照顾，其中有好多名贵

①里民：就是指居民。

的品种。离开时，还回头对我强调了一句："这里不是公园，是花园！"

原先以为会下雨，只能随便勾几笔，没想到入晚反而有了些阳光。我从不同角度写生了四张，因为一条腿搭在花坛上支撑写生本，两个钟头下来，有点颤抖；左手拿着本子，也酸。花已向晚，变作深红。如我童年时见到的，开始蜷缩，翻开前面的写生，果然最后一张的花形已经比第一张小了许多。

我收好工具，转身。看见刚才喷水的那人和另一位男士，在露天的大理石桌上不知整理什么花苗，花圃里一个妇人正蹲在树下种小草花。

斜对面还有个长廊，外面挂着一条公园得奖的红色布条。廊里有一排轮椅，每个椅子上坐着一位老人；旁边一群菲佣，正高高低低地用她们的语言交谈。

黄昏摊在西天，斜斜的夕阳射进长廊，轮椅上的老人都静静地在阳光中坐着，呆呆地看着前方。儿童游乐场上孩子们尖叫追逐，孕妇挺着大肚子缓缓走过。

回头望，芙蓉醉了，红红地像几个熟透的小桃子，在晚风里颤抖。

小燕芙蓉 / 刘墉作 / 绢本没骨反托 /60CMX90CM/2013
（2015 年北京画院美术馆展出）

我非常爱画芙蓉，因为她的颜色会在一天当中由淡妆到酡颜，也因此美称"醉芙蓉"，她的掌状叶片转折变化，正反面又深浅对比、风姿无限。我以没骨法绘了这张小燕芙蓉，花脉叶脉都用"留"，而不用"勾"，也就是把浅色的花脉留出来。三只燕子在争食蚊子。为了各有变化，让一只燕子攀枝转头，一只飞冲、一只滑翔。蚊子连六条腿都画出来，算是我这六十六岁老叟的自我挑战。

每个人说话的时候都有某种目的，
有真诚的，有无聊的，
也有别具用心，或是嫉妒愤恨的。

所以听到一句话，
先别被它左右，
好好想想自己做的是否有不周到的地方，
如果有的话下次注意。
如果没有，
则想想对方是否前后矛盾，
有的话，
以后对他说的，最好还是有选择性地听。

刘墉小语

山茶的美就在她不会萎在枝头，而是在最美丽的时刻整朵凋零。

　　童年的记忆里总有个画面，我坐在一栋日式房子玄关的地板上，父亲蹲着为我脱鞋，我转头往屋里看，玄关过去是个大房间，窗外很亮，有棵盛放的红山茶，每朵花都大得出奇，红得耀眼。

　　我很小就认识茶花，因为家里有一棵，但那是"茶梅"，不是"山茶"，山茶比较大，会整朵凋落；茶梅比较小，而且会像梅花似的落英缤纷、一片一片凋零。

　　小时候我总独自在茶梅树下玩耍，那里有一块布满青苔的大石头，上面的凹洞常被我注满水，想象成一个小池塘。落下的花瓣在青苔的鲜绿衬托下特别明艳。有些掉进小池塘，时间久了会浸润成半透明，捞起来还带股茶香。

大概正因为自己家里有茶花，那天看到别人家的开得更大而且花瓣更多，才会留下深刻的印象。不过后来见多了各种茶花，觉得重瓣山茶的花瓣太规则，反而不如单瓣的耐看。

我曾经细数单瓣山茶的花瓣，有大有小，没什么规律，但也因为不对称：大花瓣前伸，小花瓣退缩，好像前短后长的裙子，愈发摇曳生姿。加上成束的蕊丝、艳黄的花药，藏在仿佛"老坑翡翠"深绿发亮的叶片间，多美！怪不得历代画家都爱画山茶，尤其爱画雪里的红山茶。

有位搞园艺的朋友说得好："山茶的美就在她不会萎在枝头，而是在最美丽的时刻整朵凋零。"我说：可不是吗！陨落的流星总被惊叹，因为一下子划过天际就没了，发现时也是消失时！许多英年早逝的人，即使留下的东西有限也被歌颂。电影明星也一样，当人老珠黄的碧姬·芭杜和索菲亚·罗兰已被遗忘，香消玉殒几十年的玛丽莲·梦露仍被怀念。

看到满地落花，朵朵鲜艳如盛装的新嫁娘，很少有人能不惋惜。何必呢？急着在最冷的天气绽放，既然好不容易开了，何不在枝头多停些时？花为谁红？蕊为谁黄？几只蜂蝶会到残花中寻蜜？

想起多年前看的一部日本电影，一个年轻

我画室窗外有一株红山茶，每年早春绽放时还常下雪。天气毕竟比较暖些，雪花不像严冬那么冷硬，而是湿湿黏黏的。我画了一只小麻雀不畏细雪霜寒，正张嘴对着天引吭高歌。这是情人节前后常见的景象，小鸟为吸引异性，挺着胸脯不断唱歌，声音美极了！想象，那是个被冬天关在屋里的小孩，终于感觉暖和一点，于是溜出门，叫他的小朋友出来玩。突然飘下小雪，小孩不怕，喊得更带劲了。

小雀细雪唤东君 / 刘墉作 / 绢本没骨反托重彩 /50CMX70CM/2015

武士跪在雪地上，缓缓解开上衣袒露腹部，很从容地拿起刀，端详、检视、拔刀出鞘。先用白布擦拭，再把布折成妥当的大小，包住刀的根部，只露出前面冷冷的刀锋，接着双手握紧包好的地方，对准！插入！鲜血飞溅在雪地上。

这时镜头转开，特写不远处凋零在白雪上的红山茶。

满天的细雪正在下，很安静，没有一点声音……

人情味不是争先恐后、你争我夺地挤上公共汽车，
再拉拉扯扯地把座位让给自己的朋友。
人情味不是逢年过节时，装厚厚的红包、提满篮的苹果送礼。
人情味不是在长长的队伍中，偷偷叫自己的亲友插入。
人情味不是在办公室的时候，卖一些私人关系。
人情味不是偏私，而是博爱；
不是施舍，而是关怀；
不是表面的礼貌，而是内心的尊重。
人情味是"人"类互助的一种表现，
使你觉得作为一个"人"的可贵，并亲爱每一个"人"。
人情味是"情"感的一种表现，
使你觉得那不是表面的"情"状，而是深厚的"情"怀。
人情味更是一种说不出的滋"味"，
使你觉得意"味"深长，耐人寻"味"。

刘
墉
小
语

『你不是前年才清过吗？怎么那些藤又长出来了？』太太问。我一笑：『她们没骨头，不必自己站着，省了力气，当然长得快。』

邻居送来她种的豆子和黄瓜，顺便建议我叫园丁把前面树上的藤蔓清清。赶紧跑过去看，果然如她所说，再不清，藤蔓把阳光全遮了，别说下面的杜鹃和石楠，连几丈高的大树都不保。

从台北回来八天了，没发觉，不能怪我，因为屋里和后院的事已经忙不完。或许有人不解，为什么藤子只长在我的前院。这是由于后院临湖树木少，又因为朝北，阳光差，就算有藤蔓，也不见猖狂。相反的，前院朝南，又有好多参天古木，古木下再生了许多树子树孙，那些藤蔓先攀上子孙，养精蓄锐，接着没两下就登上几丈高的树巅。

所幸藤子再多再密，也不过由下面"一根"出发，只要抓住那根"小辫子"，就能扯出整条好汉。麻烦的是藤蔓立在土里，表面看跟灌木花树的茎没什么分别，如果我骤然下刀，很可能杀错对象。所以我必须先抓住树上的藤蔓用力扯，才能循线找出那混蛋的"根柢"。

扯藤子仿佛抓间谍，实在过瘾，只觉得手底下一紧一松，紧的时候是碰上藤缠树的地方，等扯开了，就又一松。而且拉这根藤子很可能牵扯出一堆其他藤子，于是一拉一大串，通通逃不掉。

我由前院车道旁的树丛开始扯，先清出杜鹃、石楠、黄杨木和挂在牡丹上的三种藤。一种是深绿色圆叶，一种是爬墙虎，还有一种是每年夏秋，都飨我以幽香的金银花。

金银花除了是蜂鸟的最爱，还能入药，据说SARS流行的时候，金银花在中国卖到缺货。但我还是不能不扯她，因为她是藤，生得贱，处处都长，而且临湖草丛里还有不少，所以算不得老几。我既然今天来个大清乡，当然举一役而完成之，留几个余孽干什么，只怕园丁看到还要笑我有"妇人之仁"呢！

提到园丁，邻居说除藤是园丁的事。但我过去十几年，从不记得园丁为我清过藤蔓；当然也可能他们清了，我没留意，只当没发生过。只有现在这园丁，我敢确定，他完全没为我清理藤蔓，否则不可能出现这般乱象。

其实也不能说是乱象，因为那藤蔓虽然长，却不杂乱，甚至可以说她们一层层趴在树冠上，还挺整齐有致。正因此，如果不是邻居提，恐怕我许久都不会发现，只当那是一片葱茏的树叶；当然也可以由另一个角度想，就算树被攀死了，只要藤蔓不死，就依然一片歌舞升平。甚至到隆冬百木凋零，如果常春藤缠在枯枝上，反而有些绿意。所以乱世需要小丑，黑社会有时也能创造繁荣太平的假象。

前院靠马路的地方有铁丝编成的篱墙，好多藤蔓都顺着墙上的孔眼，穿前钻后地往上发展。我拿着剪刀，正要剪，又迟疑了。想那些藤蔓，织成绿色的屏风，正好弥补铁丝网透空的缺点，遮挡外面路人的视线，不是更好吗？只是抬头看，她们已经由墙头上了大树，于是决定去芜存菁，顺着墙头下刀。以上的全部剪断，以下的还算有用，则暂予保留。

修光篱墙上的，往外看，发现靠近路边还有许多老藤，显然往年我修藤，都因为她们在墙外，忽略了，所以能长得那么粗壮。现在除恶务尽，于是又绕到路边，爬上小山坡下刀。大概因为上面的参天古木和藤蔓早把阳光和雨水遮了，所以坡上寸草不生。也因此，脚下的沙土又干又滑，我才爬上去，就滑了下来，正好有车疾驶而过，差点撞上我。心想，如果真撞死了，要怎么说？是谁的错？又死得多莫名其妙？但我还是再次冲上去，一手抓住藤蔓，一手用锯子把那足有两寸粗的老藤锯断。不错，我是抓着她的"藤"，锯她的"本"。因为藤挂在树上，我不怕"本"断了会摔下来。锯完，还把断口的两茎拉一拉，使她们错开，免得搞不好，切口对在一起，改天又愈

不疯魔，不成活

合了。我也想到，可以只锯三分之二，留层皮，看她是慢慢死，还是逐渐复原，又或是苟延残喘地维持现状。不久前才见新闻报导，台湾有专家能在槟榔结实的时候稍稍切一刀，使果子延后成熟，当别人已经过季时，卖个好价钱。如果我这么做，藤蔓因而能知道分寸，维持目前的局面，再也不扩张，让我既保有攀藤的风雅，又无树死之患，岂不更佳？不过我没把握，还是决定把她完全锯断。

被我断根的大藤蔓，表面若无其事，实在已被腰斩，在这种夏天，没多久就全耷拉了。然后她们会逐渐风干，把下面乔木的树叶露出来。这比我一次扯光更好，因为有些树叶久久被遮在下面，如果突然解放，只怕受不了炙热的阳光，会被晒伤。而今让殖民者慢慢将政权过渡，本土派反而好接收。

清理的工作足足花了两个多小时，回到屋里，先把帽子脱了、衣服换了，再去洗了两次手、两次脸。因为极可能被我修理的家伙里，有可怕的毒藤。我一边洗手，一边抬起脸，请太太检查下巴有没有受伤。记得在扯藤蔓的时候，曾被一根石楠的断枝弹到。当时我不敢摸脸，我知道在面对毒藤时，就算受了伤，也最好别摸，免得手套上沾有毒藤的汁液，摸了反而感染。

"你不是前年才清过吗？怎么那些藤又长出来了？"太太问。

我一笑："她们没骨头，不必自己站着，省了力气，当然长得快。"

珊瑚翡翠舞秋风 / 刘墉作 / 绢本工笔双反托 /132CMX70CM/2014（应邀 2014 北京 APEC 会场展出作品）

谈到秋天，总令人想到红叶，但我发现对季节敏感的藤蔓可能在青枫还绿的时候，已经变成艳红。红绿互为『补色』，对比得特别耀眼。这张绢本双反托的画，表现的是藤蔓纠缠的坚韧、枫香掌状叶的细腻、爬墙虎的斑斓、树干的节理和鸽子的悠闲。

『欲说还休，欲说还休。』多少繁华萧条丰美凋零与人生的泰然，都在『天凉好个秋』。

有人对你全然肯定，那是赞美也是压力，
因为你已经有一百分，只可能少，不可能多，
那压力使你容易失常。

相对地，如果有人对你全然否定，别伤心！
那是最大的伤害，也是最好的激励，
因为他给你零分，使你毫无压力，
即使只得一分，
都是对他的反击，
这种愤懑可以作为你激发潜能的动力。
很多反败为胜的人，都因为善用这种力量。

刘

墉

小

语

诗

心

后来有人评论哪儿能那么小气？皇上要给橙子一定是一筐，怎会只给一个？我则要说这样批评的人真是太不懂情趣了……

并刀如水，吴盐胜雪，纤指破新橙。锦幄初温，兽香不断，相对坐调笙。

低声问，向谁行宿？城上已三更。马滑霜浓，不如休去，直是少人行。

很少人不知道这首周邦彦的《少年游》。除了由于他写得生动，我相信更因为有关这首词的传说，那活色生香，甚至有点"限制级"的场面，怎能不令人印象深刻？

周邦彦正跟李师师温存，突然外面传来皇上驾到！周邦彦八成光溜溜，来不及穿衣服，只好匆匆抓着衣服鞋子钻到床下。好险哪！接着徽宗就进来了，还递给李师师一个新鲜的橙子。

后来有人评论哪儿能那么小气？皇上要给橙子一定是一筐，怎会只给一个？我则要说这样批评的人真是太不懂情趣了，如果皇上亲自抬来一篮，或叫人扛进一箱，有多俗？宋徽宗可是大艺术家，搞不好他还逗趣地，把橙子抛给李师师接呢！

美女倒也不怠慢，马上准备了亮如水的并州剪刀和白如雪的吴盐，纤纤十指切开新鲜的橙子。锦缎的幄幔隔开外面的寒气，兽首的铜炉吐出袅袅的香烟。两人对坐，调音吹笙。女子附耳小声问：今天夜里还回去吗？您听！城楼上已经敲了三更鼓，夜凉，如果结霜，马蹄容易打滑，不如留下吧！路上冷冷清清，可真没什么人了呢！

宋徽宗是否留下？周邦彦没写！搞不好他整夜躲在床下，听上面颠鸾倒凤翻云覆雨。这种色情小说的情节到了周邦彦手里，却能"不着一字而尽得风流"，让人充分发挥性幻想，怪不得一路传诵到今天。

我以前教写作，也喜欢举这首词作例子。周邦彦好像拍电影，由小至大，先特写"并刀"和"吴盐"，再把镜头稍稍移动，呈现李师师的纤纤玉指。接着把新鲜的橙子破开，让人想象房间里弥漫一股橘皮的香气，顺势把镜头再拉远，呈现锦幄的华丽色彩和兽首铜炉的袅袅香烟。帘幕的软、香炉的硬，加上缕缕青烟的

周邦彦词意／刘墉作／纸本水墨／写意／96CMX54CM／2014（2015年北京画院美术馆展出）

很爱周邦彦少年游的潇洒，乘兴挥笔画了这张水墨。高高的城头边一排房子，溪水石桥人家，没有旖旎，不见丽人。只隐约露出一只手、半个身，向门前车夫挥了挥。石板道上有些霜露的反光，确实滑啊！

留不留？留了！

车？别等啦！

多潇洒！多美！

动态和嗅觉，意象真是好极了！

　　镜头再拉开，两位主角终于出现，还有调笙的动作和吹奏的旋律。可以说色彩、动作、旋律、香味、大特写、小特写、中远景全有了。最后，丽人终于开口，小小声带点试探和羞怯：今儿晚上还走吗？回家？又或是要去别人那儿？窗外远远传来咚！咚！咚！三更半夜了！镜头跳接到深夜的城楼巷弄和等在门口的马车，还有闪着寒霜的石板道。

　　"别走了吧！街上半个人影都见不到！"

　　风情万种的李师师有一句没说：

　　"倒是床下还藏了一个，让他听听好戏，咱仨，多刺激啊！"

经历了积极的一生——
超越自己，
使我们不再是初生的自己，我们得到了精进；
创造自己，
使我们没有白来，我们有了自己的下一代，
且为下一代铺了路；
肯定自己，
我们回首前尘，历历在目，有好的、有坏的、有悔的、有悟的，
我们做完了这一生的功课。
只有"不负生"的人，能够坦然地"面对死"。

刘墉小语

『纷纷开且落。』王维写得多轻
又多重啊！兴衰荣辱、世事更替、
人海浮沉。花开了！花落了！化
作春泥，肥了土，润了根，长了
芽，凋了叶，来年早春，又是一
番花开，一番花落。

木末芙蓉花，山中发红萼，
涧户寂无人，纷纷开且落。

许多人读王维这首《辛夷坞》都会不解，
为什么明明讲的是"辛夷"，写的却是"芙蓉"？
而且这诗有什么意思？不过写花开花落，简直
平淡无奇！

我早年也有同感，但是自从到纽约，家中
种了辛夷，常作辛夷写生，加上年龄渐长，伤
逝的情怀渐深，愈来愈能体会其中的禅意。

王维形容辛夷是"木末芙蓉花"，因为辛
夷跟梅李桃杏不同，她不开在枝叶间，而是绽
放在枝子的末端。花开时叶子还没生，只见黑

灰的枝头举着一个个毛茸茸的花苞。也因为萼片上生有细小的绒毛，看来活像毛笔，所以辛夷又有个名字叫"木笔"。

我常看着那些毛茸茸的小东西想："你们可真聪明，为了抢在早春寒冷的天气绽放，又怕受不了冰雪风寒，居然穿了毛皮夹克。可不是吗！那毛茸茸的苞片厚厚硬硬的，落在地上干了，风一吹还能哗啦哗啦作响，穿在花瓣的外面，一定很能抵抗严寒。

脱下皮夹克，露出的花苞没两天就会不断变大，也可以说把她原本紧紧包在一起的花瓣一点一点放松，一片一片开展，很像"水芙蓉"荷花，绽放出"内白、外紫"的花瓣。

正因此，王维把辛夷形容成芙蓉。至于"发红萼"的"发"也用得巧，他不用"生"，不用"露"，而用"发"，好比李清照说"江梅些子破"，那"发"跟"破"都有突然展现的感觉。

辛夷的绽放比梅花还来得惊人，因为她由黑褐色的"木笔"到盛放，大小能差几十倍，而且花朵既开，就像荷花一样朝四周尽力伸展，接着渐渐下垂，告别枝头。

虽然在美国已经三十多年，每次见到原本灰灰的林木间，突然出现一大片密不透风的红紫花海，都心惊。只是隔天再看，树下已有落花，再过几天，连原先地面的草坪都见不到了，全铺满白紫相间的花瓣。怪不得王维要感叹"涧户寂无人"。多可惜啊！等了一整年，终于花开满树，却没人能够实时欣赏。

　　春花常有个特色，就是开得快也凋得快，而且不等花萎，就落花犹似坠楼人。我常暗想，大概因为她们急着结果吧！既然已经花开、已经受孕，便洗尽铅华、舍弃锦装，任春光无限，再不动心。

　　"纷纷开且落。"王维写得多轻又多重啊！兴衰荣辱、世事更替、人海浮沉。

　　花开了！花落了！化作春泥，肥了土、润了根、长了芽、凋了叶，来年早春，又是一番花开、一番花落。

其实人生都有执，
最起码我们执于生命、执于爱，
虽然也可能累于爱，却能活得更"存在"。

所以"放下"是为了"拿起"，
"不执"是为了"能执"。
人的伟大在于敢执，
人的超越在于能"有所不执"。
本来无一物，就是这个境界。
只是说得容易，做到很难。

刘

墉

小

语

舞春风／刘墉作／绢本设色没骨双反托/90CMX60CM/2013（2015年北京画院美术馆展出）

辛夷是早春的惊艳！这张画我用『双反托法』，也就是在绢的背面晕白、正面染紫，使两种颜料不相混合，感觉比较清雅。辛夷花瓣像勺，正面白、反面紫，颜色的差距大，弯曲对比特别美。我让风从右边吹来，使花瓣翻飞。一只蓝鸟在枝头呼唤，一只疾飞而至，由飞羽尖端翘起，可以见出它的翅膀反拍，为的是减速落在枝头。我表面画的虽然是花，其实用心在风：窃语春神怜娇客，莫教挽断最长枝。

水漫金山寺，如果金山寺在镇江山上，当然会先把低处的市区淹了。怎么说大水转向，才淹没镇江呢？这故事显然不合理。

金山一点大如拳，打破维阳水底天！
闲依妙高台上月，玉箫吹彻洞龙眠。

——王守仁

我从小就对金山寺充满好奇与不解。

《白蛇传》里说法海和尚把许仙软禁在金山寺，白娘娘和小青跑去要人，法海不放。两个千年蛇妖就率领虾兵蟹将，引西湖之水去淹金山寺。

没想到法海道行更高，把袈裟一挥，成为一道长堤，水愈大，堤愈高，结果大水进不了金山寺，转去别处，把镇江给淹了，害死不少无辜的百姓。

小时候我心想，金山寺不是在镇江吗？为什么故事里好像是分开的？水漫金山寺，如果金山寺在镇江山上，当然会先把低处的市区淹了。怎么说大水转向，才淹没镇江呢？这故事显然不合理。

另外一个令我好奇的是，小时候读王阳明的故事，说王守仁很小就聪明极了，能作诗。有一回大人考他，指着金山寺说："你就写金山寺吧！"

王守仁立刻摇头摆脑地吟道：

"金山一点大如拳，打破维阳水底天！闲依妙高台上月，玉箫吹彻洞龙眠。"

众人不信，叫他再作一首"望月"。

于是有了后代耳熟能详的：

"山近月远觉月小，便道此山大于月。若人有眼大如天，还见山高月更阔。"

我那时小学五六年级，读到这故事，羡慕极了，一方面佩服王守仁天才，小小年岁就写出这么好的诗，尤其是前面那首，我连看都看不懂。另一方面疑惑：金山是"水漫金山寺"的金山吗？为什么会小得像拳头。还有那"妙高台"，既妙又高，他是在台上对着月亮吹箫吗？为什么能"吹彻洞龙眠"？洞在哪儿？里面有龙吗？

所以我从小就在心里不断勾画"金山寺""妙高台"的样子。更因为王守仁的两首诗都写月夜，加上神话中的白蛇、青蛇、法海、许仙，就愈发神秘而令我神往了。

直到十年前到镇江演讲，我问这儿有金山寺吗？举座大叫"当然！"接着学生就带我去了金山寺。

"老师听说过骑驴上金山吗？"有学生问。看我不懂，笑说："以前金山寺在江里，清朝末年，因为淤积，渐渐跟镇江市连在一块儿，所以当时最神的就是不必像以前，非坐船去不可，只要骑驴就能上金山了。"

才下车，远远看到金山寺，我就解了心中几十年的疑惑。

可不是"一点大如拳"吗！金山寺的好多建筑全盖在一个圆圆的小山头，怪不得旅游简介说，自古有所谓"金山寺里山，见塔见寺不见山"，因为山太小，建筑太密，好像不是寺建在山上，而是山被寺包覆着。

虽然缘山而建，寺院一栋接一栋、一进又一进，还有好多亭台步道，这许多建筑却井然有序，谐调中充满变化。我沿路而上，看远方的江面，想宋高宗时，金兀术率军进攻镇江，韩世忠如何跟梁红玉用计，先由韩世忠佯装失利，逃进江边芦荡，再由梁红玉在金山上居高临下，见金兀术追近，就擂鼓三通，藏在芦荡间的战船齐发，以寡敌众，把不谙水性的十万敌兵打得溃不成军。

最令我兴奋的是看到石上雕刻的"妙高台"三个大字，我暗在心里喊："天哪！还真有妙高台耶！闲依妙高台上月，这就是妙高台！"

我非但登上妙高，还解了另一个疑惑：传说有一年王守仁去金山寺，看见山边一间禅房，有门没窗，门上还贴了封条，上了大锁。

王守仁不知道为什么对那儿的景象非常熟悉，好像梦中见过，于是要僧人打开禅房。

僧人不肯，说里面有五十多年前坐化老和尚的全身舍利，绝不能对外开放。经过王守仁诉说自己的第六感，僧人才勉强同意。

撬开大锁，推开朽烂的房门，只见石床上端坐着一位栩栩如生的老和尚。王守仁大吃一惊：这老和尚怎么跟自己长得那么像？接着看到石壁上题着一首诗：

"五十年后王阳明，开门犹是闭门人；精灵闭后还归复，始信禅门不坏身。"

原来王守仁的前世就是那老和尚。

为了纪念这件事，王守仁才在妙高台上，作了那首"金山一点大如拳，打破维阳水底天！闲依妙高台上月，玉箫吹彻洞龙眠"的诗。

当天我特别在金山寺作了水彩写生。回到纽约之后，再根据写生，画了张金山寺月夜的小画，隔八年，意犹未尽，又画了一张六尺巨幅的《金山寺月夜》，大雄宝殿、天王殿、慈寿塔、妙高台、观音阁、楞伽台、留云亭，月色朦朦、江水悠悠、灯火点点、人影幢幢，一千六百多年的金山禅寺，笼罩着我童年记忆中的神秘面纱，静静地立在扬子江边。

金山寺月夜 / 刘墉作 / 纸本水墨设色 / 92CMX170CM / 2015

什么叫作"格局"？

格局可以是胸怀、是见识、是信心、是宽广的抱负。

格局是在自信中不否定别人，是一种谅解与包容。

格局不是"藏于己"，而是"分与人"。

格局是愈得意，愈无私。

格局不是"单赢"，而是"双赢"。

人生好像在堆高塔。

你想堆得愈高，那底盘就得愈大。

你不能把每块石头，都往塔尖上放，而要多分一些在塔基。

塔尖是你，塔基是你周遭的人。

你必须从年轻的时候，就学着去关怀、去谅解、去帮助，

并欣赏每一种文化、每一样食物、每一个人种！

于是，你不再狭隘、不再偏见、不再小气。

你学会与大家共享、共荣，

且因而得到更多人的爱护。

如此说来，你又何需大的阳台、客厅和庭院呢？

你已经以宽广的天地作为"格局"。

刘墉小语

既得琴中趣，何必弦上音。既得心契，何必言喧？这就是中国文人的率性。

两人对酌山花开，一杯一杯复一杯。

我醉欲眠卿且去，明朝有意抱琴来。

李白这首《山中与幽人对酌》，跟他的另一首名作《静夜思》"床前明月光，疑是地上霜。举头望明月，低头思故乡"差不多，说俗可以是极俗，放到一般诗社评选，都八成会被当作打油诗落选。但是往另一角度想，又极雅，好比村妇的粗棉布红花小袄，连巴黎时装设计师都抢着"偷学"。

第一句开门见山，"两人"和"山花"多直接啊！没说什么"雅士"，也没讲什么"奇葩"，人就是人、花就是花，何必绕弯子？

接下来更有意思了，"一杯一杯复一杯。"他为什么不说"一杯接一杯"，偏偏要用三个"一"，也不嫌啰嗦？问题是好比"庭院深深深几许"，连用三个"深"，愈显得庭院深深。也好比现代诗人写"防风林外有防风林外有防风林"，让读者感觉在广袤的平野，有一排一排又一排的防风林，那视觉效果好极了！

"一杯一杯复一杯"，两个人面对面却没说话，好像闷着头猛喝，唯恐说话影响了品酒，搞不好还喝完一壶又一壶，一壶喝尽，主人默默再取一壶来，喝！管你够！

然后，主人醉了、歪了、倒了，真没办法了。咕哝着说："不行啦！我醉了！要睡了！你走吧！明天有意咱们继续，可记得抱着你的琴来……"

多干脆！多爽快！也因此看得出两人的交情与率性。

让我想到梁实秋在《雅舍小品》里说的，有一天他在家读书，有个朋友来，往对面一坐，梁去拿壶茶，那朋友就径自从架上取下一本书。各看各的书、各饮各的茶，一句话也没说。天晚了，朋友起身，把书放下，连个谢都没讲，转身，走了！

既得琴中趣，何必弦上音。既得心契，何必言喧？这就是中国文人的率性。

很欣赏这种境界，于是细细经营，以一个

明朝有意抱琴来 / 刘墉作 / 纸本水墨设色 /142CMX237CM/2014

月的时间作了幅大画，画里没有对酌的人，只见石桌上两壶酒一支杯，一壶还倒了，所幸已经喝尽，才没把摊在案上的手卷弄脏。

手卷真了不得，行草写的是李白的《月下独酌》，上面还钤着"乾隆御览之宝"和"石渠宝笈"大印。

月亮门外一轮明月，临门一缸荷花。晚上，花半阖了，只一朵残荷，花瓣凋零在地。地面是黑白两色的小石子嵌成，与窗框及石凳上的雕花相呼应。石凳旁有一本落地的线装书，后面隐约可见一支摔破的酒壶，让人猜想这位对花饮酒的人是不是醉了？醉得糊里糊涂？连名贵的书画卷轴都不顾了？

这画中的主角是"花间一壶酒，独酌无相亲。举杯邀明月，对影成三人"？还是"我醉欲眠卿且去，明朝有意抱琴来"？

您猜！

相爱的人互斗，就像左手斗右手，没有赢只有输。

话说回来，你感觉谁输了谁赢了，就是不够爱。

如果你爱他远多过他爱你，你活该是输家，

所幸赢家是你的爱，所以你不应该感觉输了。

如果他爱你多过你爱他，你赢了深爱你的人，有什么好得意？

情到深处无怨尤，情到深处无输赢。

这话好像矛盾，却是矛盾的真理。

刘

墉

小

语

童

趣

那瘦得像干柴的手直抖，但是只要把勺子落在稀饭上就不抖了，非但不抖，还像抚摸般，很细腻、很轻柔地，一圈一圈刮，每次只刮薄薄一层，再吹吹，放进我嘴里。

大概因为回台体力透支，返美前突然上吐下泻。所幸儿子住得近，清晨五点把我送去急诊。化验结果，是感染了通常只有小孩会怕的"轮状病毒"。

大门钥匙交给了儿子，口袋里的钱交给了小姨子，健保卡交给了挂号处，自己交给了医院。我很能逆来顺受，心想这是老天爷逼我好好休息。加上前一夜折腾，于是猛睡，睡到隔天下午两点。中间除了护士进来量血压测体温，医生进来摸摸肚子，倒也没人打扰，连餐点都没有。医生说得好，病毒嘛！没办法，除非高烧不退，会考虑用抗生素，否则只有等病毒自己消失。而且这时候肠胃弱，什么都不能吃，连喝运动饮料，都得掺一半的水。

所幸我一点也不饿，直到第二天下午烧退了，才觉得有些饥肠辘辘。要求了好几次，总算送来食物，小小的纸杯，里面只有黏糊糊的一点半流体，原来是米浆。"就这个？""就这个！"护士笑笑转身，"只能喝米浆，如果喝了又泻，就连米浆也没有。"

抱着那软软的纸杯，小心地用吸管慢慢吸，好像奶娃。这让我想起小时候肾脏炎，病得挺重，有一阵子也只能喝这个，相信多半是母亲喂我，但不知为什么，而今只记得父亲坐在床边，端着碗喂我的画面。大概因为他讲的故事吧，说以前穷人家生了孩子，妈妈不喂自己的娃娃，却去有钱人家当奶娘，喂别人的娃娃，自己的娃娃只有喝米浆。可见米浆虽然白白的没什么味道，却有营养。父亲还一边为我把米浆吹凉，一边指着上面薄薄的膜，说那是米油，更补，嘴角发炎，只要搽几次米油就好了。

虽然老婆隔着太平洋叫我多住几天，我还是坚持第三天下午出院。不是舍不得花钱，而是为了争取自由，把插在身上五十多个钟头的"点滴"管子拔掉。小姨子帮我办出院手续时，又来了位护士，给我好几份介绍轮状病毒的小册子，说回家只能吃稀饭、海苔酱、苹果泥……而且不能多吃，看不吐不泻了，再由去皮的鸡肉丝开始。我瞄了一眼那小册子的封面，"轮状病毒"四个大字，下面印着"婴幼儿严重肠胃炎的凶手"。最下面还有一行大字："对所有的孩子都是威胁。"突然觉得自己真变成了婴幼儿，而且是很差劲的，别人都没事，只有我出问题。

儿子要为我煮稀饭，我说不必，护士讲只要拿干饭加水煮一下就成稀饭，老爸再笨，这点还是会的。正好冰箱里放了两盒叫外卖剩下的米饭，于是通通倒进锅子，又加了些水，放上炉子。果然才一会儿，好多饭粒就上上下下游泳，成为稀饭的样子。忙不迭地盛出来，再打开酱瓜和海苔酱，吃了病后的第一顿大餐。

只是可能米饭放在冰箱太久，有点硬，还结成块，加上煮得不够，所以稀饭不黏，有些"开水泡饭"的意思。使我想起读初中夜间部的时候，回家已是深夜，常常肚子饿，就从锅里舀两勺白饭，泡冷开水。

那时候家里因为失火烧成平地，只在废墟边上搭了间草房。深夜，外面一片漆黑，有流萤飞、蛩声细，和火场余烬的焦炭味，夹在清寒的晚风中。一颗颗饭粒，随着凉水滑入胸腹间，有一种鲠鲠又洒脱的孤危感。

前一日学乖了，第二天我先去快餐店买了三碗白饭，热腾腾地拿回家倒进水里煮，而且站在旁边用筷子不断搅，还把成块的一一夹开。刚煮好的饭容易烂，没多久就起了泡，咕噜咕噜，泡泡愈冒愈大，冷不防地溢出锅子从四面流下，跟着火就熄了，我赶快把瓦斯关掉，炉头上还是留下好多焦黑的印子。

这稀饭不错，够软，唯一的缺点是我加太多水，为了吃实在些，只好往锅底捞稠的。端上一大碗白稀饭，颇有成就感。儿子早晨送来肉松，是他去专门店买的，居然印着"婴幼儿专用"，不知道这小子是体贴还是讽刺。我倒了尖尖一堆肉松在稀饭上，急着下嘴，立刻被呛得猛咳，因为把细如粉末的肉松吸进了气管。

一边咳，一边用筷子把肉松压进稀饭，再搅拌成肉粥。突然懂了，为什么父亲总坚持先把肉松搅匀，才交给我，还一直叮嘱我慢慢吃。他也帮我吹，吹得眼镜上一层雾，又摘下眼镜吹。父亲还教我用筷子由碗的四周拨稀饭，说那里因为接近碗边，凉得快。有时候我还是等不及，他则会再拿来两个大碗，把稀饭先倒进一个碗，再来回地跟另一个碗互相倾倒。没几下，就凉多了。

可不是吗？我自己煮的这碗稀饭也够烧的。第一口已经把我烫到，但是当我改由四周拨，就能入口了。上面拌的肉松吃完，我又倒了好多肉松下去。这种"大手笔"，也是小时候被父亲惯坏的，那时候母亲常骂，哪儿是吃稀饭配肉松，根本是吃肉松配稀饭。

最记得父亲生病，母亲日夜陪在医院的那段日子。有一天表弟来家，姥姥煮了稀饭，给我肉松，只一点点，远不如给表弟的多。我当时很"吃惊"，甚至委屈得用注音符号写了封信去医院告状。更令我吃惊的是父母居然都没反应，即使后来我当面抱怨好几次，他们也只是点点头。

吃了一整锅白稀饭和一整罐肉松，肠胃居然没出毛病。第三天，我的胆子更大了，先去买了两碗白饭和一盒生的牛肉丝。而且为了快，我找出高压锅，把材料全倒进去，添水、加些生姜和盐，放上火煮。高压锅有保险装置，无需守在旁边，所以我径自去书房工作。没多久就听见咻咻喷气的声音，我知道是锅盖上的小口在往外泄压，只

鸢尾螳螂 / 刘墉作 / 绢本没骨设色 / 工笔 /76CMX116.5CM/2014

是那声音愈来愈怪，还有点啪啦啪啦的感觉。想起以前高压锅爆炸的新闻，赶紧跑进厨房。才进去就差点滑一跤，地上一大片，黏黏的，我的稀饭居然喷得到处都是。

一番忙乱之后，我这辈子做的第一碗"牛肉粥"上桌了，十分滚烫黏稠，而且大有"闻香下马"的境界。牛肉丝，不错！一点也不老。姜，虽然切的时候已经因为摆太久，像是削竹片，反而更带劲。我的嘴又被狠狠烫了一下，想到爸爸的方法，改为从旁边拨。不知为什么又觉得该拿个勺，从粥的表面，一点一点刮。

果然，一次刮一点点，滚烫的粥也不烫了。我有些自诩，可是又觉得似乎见过别人用勺子刮的画面。我一边刮一边想，突然回到了九岁的童年，回到父亲的病床前。医院为直肠癌手术不久的父亲送餐，只一碗，像这样的瘦肉稀饭，我居然急着跑到床边要吃。母亲骂："那是你爹的！"父亲对她挥挥手，反教我爬上床，跟他并排坐着，又怕我摔下去，一手搂着我，一手喂我吃。肉粥很烫，医院里没有两个大碗可以用来减温。父亲就用勺子一点一点在稀饭的表面刮。那瘦得像干柴的手直抖，但是只要把勺子落在稀饭上就不抖了，非但不抖，还像抚摸般，很细腻、很轻柔地，一圈一圈刮，每次只刮薄薄一层，再吹吹，放进我嘴里。

现在我正这么做，但是飞回了五十年前，我的手成为父亲临终前两个月的手。我的眼镜飞得更遥远，成为父亲为我吹粥时的眼镜，蒸汽氤氲，镜片罩上一层雾。我像父亲当年一样，摘下眼镜，只是不见清晰，反而模糊。一个年已花甲的老孩子，居然从这碗粥，想到五十七年前抱养我的父亲，我的眼泪止不住地淌,淌在父亲的粥里⋯⋯

当我们年龄渐长，愈来愈觉得钱之可贵，
就可能用钱去衡量一切，
甚至衡量爱情。

岂知在这世界上，
没有钱之前，早有了爱。
当我们没有赚到钱之前，早赚到了爱。
我们因爱而来到人世，
有一天离开，带不走钱，
只带得去满怀的爱。

刘
墉
小
语

筷人筷语

连在中国的西餐厅都耻笑『用筷子的人』，咱们能指望有一天当老大、有一天华语成为世界最通用的语言吗？

　　如果您去台北的某个西餐厅吃饭，听到其中一位客人喊："有没有筷子？"拜托您先别笑，因为那个"老土"很可能是在下，我！

　　您八成想我不会用刀叉，那可错了！我非但会用，而且技术奇佳，曾经在没有筷子可用的情况下，以刀叉吃油淋乳鸽，连一点"骨边肉"都没错过。

　　我之所以在西餐厅喊"有没有筷子？"是因为端上来的不是西餐，是中餐。举个最近的例子，一盘面旁边绕了圈榨菜炒肉丝，上面撒了些肉丁，再盖上一个荷包蛋。请问这是西餐吗？就算做成西餐的样子，吃那细细小小的榨菜肉丝和肉丁，是用刀叉方便还是筷子方便？

至于生菜色拉更甭说了，一片片薄薄的菜叶和撒在上面的核桃仁、火腿末，多难叉？如果又剩下最后几片，被色拉酱粘在盘底，简直麻烦极了。会用筷子的人碰上这场面，能不在心里暗骂吗？

何止在西餐厅，说实话，我只要坐中国人的班机，管他中餐西餐都要求用筷子。道理很简单：我赌口气！为什么在飞机上如果不先问，送上的常是刀叉？就算"九一一"之后怕劫机，不准用金属餐具，航空公司也宁可提供软软的塑料刀叉，却不换成温文儒雅的筷子？

筷子当然比刀叉儒雅，"刀枪剑戟、斧钺钩叉"，十八般武器里少不了"刀叉"，可曾包括"筷子"？就算把筷子放大成为"棍子"，执棍总比执刀拿叉来得文些吧！

而且刀切是破坏，叉插也是破坏。用刀叉的人，连送进嘴巴的最后一刻都在对食物做凌迟。筷子则不同，它不是破坏而是"和同"，既完成了传递的任务，又没做"穿刺"的酷刑。这不正是中西文化的差异吗？西方人搞征服，中国人讲同化；西方用刚烈的"人定胜天"，中国以包容的"天人合一"。

筷子更表现了中国人的智慧，您想想，如果有一天大伙出去野餐，临时发现忘记带刀叉，洋人全傻眼了，可咱老中在乎吗？随便折两根小树枝就解决了。

筷子何止是吃饭的工具，它根本成为"手的延伸"。最近有洋朋友来，我老婆炒了一盘小鱼干，那洋人不会用筷子，只见他用叉子在白瓷盘里左刺右刺，硬是叉不起来。再用刀往叉子上拨，刮得盘子吱吱尖叫，狼狈极了。反观老夫要夹哪条夹哪条，连半颗豆豉都轻轻松松入口，看得洋鬼子直喊非学用筷子不可。

其实这年头会用筷子的洋人已经不少，甚至能骄其亲友，显示他有本事，中餐馆的筷子包装上还常有图画解说。如果洋人驽钝，堂倌则会用个卷起的纸条夹在筷子之间，再拴上一根橡皮筋，成为"筷夹子"。提到"夹子"，我有个美军朋友说得妙，有一回他们不小心把个螺丝钉掉到机器缝里，洋人想尽办法都掏不出来，用夹子去夹，不是太宽就是太短。最后还是由老中出马：简单嘛！拿两根细细长长的筷子，一下子就把螺丝钉夹出来了。

虽然说筷子是中华国粹，却有不少咱们同胞不会用筷子。也不是真不会，而是用得不精或不标准。

标准没个定论，但最少要夹得准确有力。举个例子，我岳母不太会用筷子，于是我太太不行，我儿子女儿也跟着不行。可我一批评就"茅坑里扔炸弹"——"引起公愤"。老婆先瞪眼："我用半辈子了，饿着了吗？"女儿更悍："上次华人园游会，用筷子夹水碗里的弹珠，谁夹得最快最多？我！"

没错！那拿筷子像拿剪刀的人，也能夹起小东西，只是力量不足。其实有力不难，用筷子跟用嘴一样，我们上面牙齿固定在头骨上不会动，真正动的是下颚。筷子要夹得有力，也必须一根不动、一根动，"不动如山"的守住底线，"会动的"前去配合，才能产生极大的力量。

我可是做过实验才得到这个结论。以前服兵役的时候，我只要批评哪位战友不会用筷子，对方不服，就拿个东西要他先夹住，由我用筷子去抢，八成我赢。如果对方不服，反过来我夹住由他抢，九成他输。小时候儿子不会用筷子，我更在餐桌上抢他到手的好菜，有时候美食都到他嘴边了，我一出手就抢下来，气得他不得不重新学习用筷子。而且有样学样，看到别人用筷子不标准，他也会纠正。

最糟糕的是有一回中国女朋友请他回家吃饭，我儿子发现"她"一家人居然都不会用筷子，非但在餐桌上口头纠正，还当众示范，抢走女朋友弟弟筷子上的好肉。当天晚上女朋友就翻了："我请你吃饭，不是要你来批评我们全家都不会用筷子！"

儿子跟女朋友吹了，却来怨我从小给他灌输"用筷子的大道理"，使他有了"强迫性思考"，看到谁不会用筷子就不顺眼。还是我女儿棒，她照样大刺刺地在我面前用她习惯的"剪刀式"。可是只要出去应酬，就换成标准式。问她为什么，她说在外面用不标准，会丢人。

没错！会丢人！因为吃是文化，用刀叉的礼貌是文化，用筷子的技巧也是文化。文化当然要精益求精。所以很多年前日本政府就提出要教下一代用筷子的正确方法，我还听个韩国朋友说，他小时候不好好用筷子，会被老爸斥责没教养，甚至赶下桌。

如果连日本、韩国人都要发扬我们的筷子国粹，咱自己能不讲究吗？搞不好改天韩国人又要说筷子是他们发明的了。而且这非但是文化，还牵涉到民族自尊心和自信心。凭什么洋人上中餐馆喊着要用刀叉，我们不会觉得奇怪，咱中国人上洋餐馆就不能喊"我要筷子"？凭什么洋人的飞机上只给刀叉不给筷子，咱老中的航班也有样学样？难道连咱们自己人都认为刀叉比筷子文明吗？

所以我在文章一开头就说，我在西餐厅要筷子是赌口气。如果连这点自信都建立不起来，连在中国的西餐厅都耻笑"用筷子的人"，咱们能指望有一天当老大、有一天华语成为世界最通用的语言吗？

我甚至要呼吁：从今天开始，只要是咱们自己的航班，吃中餐都只上筷子；就算西餐用刀叉，也附一双筷子。

您别笑吃西餐用筷子有点不伦不类，这叫"西餐为体、筷子为用"，咱大中华包容化育的新体现！

花月正春风 / 刘墉作 / 绢本设色 / 工笔 /76.5CM×46.5CM/2013

会不会因为经济的起飞，社会的脉动太快，

使许多人变成工作狂，狂得不能停下来，一停就要心慌？

狂得忘了健康，造成"过劳死"。

也会不会因为中国人一向强调"焚膏继晷""宵衣旰食"和

"为公忘私"的工作态度，使许多人的家不是家，连亲情都

变得现实，变得市侩？

爱自己就是爱家庭，就是爱工作。

不"以公害私"，也不"以私废公"，

就是尊重自己、尊重家人、尊重工作。

如果一个成功的企业家、领导者，

也能做个成功的丈夫和父亲（或妻子和母亲），

不是更值得我们称许吗？

刘

墉

小

语

DIGNITY 既是对外自信的表现，
更是对内的自我肯定与期许。它
不应该因为别人肯定才自我肯
定，更不能为了得到别人肯定而
刻意表现。

　　有位读者写信给我，劈头就问："您说自
己的处世原则是'不负我心，不负我生'，又
讲'世间本无法，法在我心'，这表示您什么
都不信，只信自己了。"

　　我当时一怔，觉得不无道理。但我并非刚
愎自负，大不了是相信自己认知的事。而且这
两句话不一定是我发明的，所以我又上网查"不
负我心，不负我生"。网上一下子跳出几百万条，
居然没见什么古人的名字，只见到引述我在不
同地方提到这两句话，搞不好，"不负我心，
不负我生"真是我造的。

　　问题是，我从什么时候，产生这"想法"呢?
大概得从小时候说起了：

初中一年级，学校发给每人一个小册子，封面上印着"日行一善日记"，大概因为那时候提倡日行一善，所以规定每个孩子要记下善行。导师说得好："你可以一天行三善，但是分开三天写，绝不能空白一天，只要有一天没行善，就扣分，而且是扣操行分数。"

"日行一善日记"每星期缴一次，到了那一天，只见大家抓耳搔腮，绞尽脑汁地编"善行"，记得我旁边桌子的同学，天天写"帮爷爷擦屁股"，不知是真是假。

我当时最常写的是"熄灭遗火"，意思是有没灭的火种，可能造成火灾，我把它熄灭。为了不撒谎、不编织假的善行，我好几次差点被车撞，因为当我过马路的时候，看见未熄的烟蒂，会立刻停住步子，甚至猛地往回跑，过去把烟踩熄。

今天回想起来，我是从小就有"强迫症"，因为不但看到烟蒂，管它灭了没有，我有非踩不可的冲动。而且好几次在路上看到香蕉皮，当时没管，却愈走愈不心安，最后不得不回头把香蕉皮捡起来。甚至上大学都一样，有一回在地下道台阶上看到个空瓶子，没理睬，都走到街对面了，不心安，又跑回去把空瓶子扔进垃圾桶。

我为什么不安？是良心不安！因为我会想，如果一个孕妇不小心踩到香蕉皮或瓶子，摔伤了，流产了，怎么办？我还想得更远：说不定那孕妇怀的孩子将来能成为伟人，改变人类的历史，这一摔，对世界的影响可大了。而我如果不及时把香蕉皮和瓶子捡起来，这罪过也大了！

后来，在谈命理的书里，居然看到类似的说法。譬如讲一个人莫名其妙地好命，可能不是他自己修来的，而是他的祖先积德，那"德"又不一定是修桥补路，而可能是在街上移开一块石头，在溪边放生一只王八。套句现在的流行语"蝴蝶效应"，就因为那么个小动作，竟然产生连锁反应，改变世界。如果变得好，当然是积了大德，所以即使没报在当时，也会报在子孙。

我这"不负我心，不负我生"的想法，到中年更严重。我太太一直到今天都怨，我有一阵子到了睡觉前就犯毛病，不是说自己写了文章没画画，就怨画了画没写文章，再不然怨书读少了。听她这么说，我的答案很简单："怎不说我向圣人看齐呢？这不是曾子的'一日三省吾身'吗？还有黄山谷说'三日不读书便觉面目可憎、言语乏味……'"可见跟我有同样毛病的人不少，他们不靠外力逼，而靠自省，往往能有成就。

三毛显然也犯这毛病，她有篇文章好像就叫《不负我心》，说她晚上心不安，正不知怎么形容那种心境，看到我文章中的"不负我心，不负我生"，觉得"真是一言中的"。可不是吗？她有一回打电话给我，说只为写两千字的东西，已经五天没出门了。我问她："谁在催稿？"她说："没人催，是自己在催。"

"自己在催"比什么都重要，想想，一个孩子，大人不催不学习，跟自己催自己学习，哪个管用？自己催，凡事希望"不负我心"，

是忠于自己、忠于良心。就算过度了，成为工作狂、偏执狂，甚至有"强迫性行为（OCD）"，也比凡事被动来得好哇！

我很喜欢英文DIGNITY，可惜中文没有完全对应的字，翻译成"庄严"，太表面了！翻译成"自尊"，又太自我了！翻译成"被别人尊重、肯定"，又太被动了！DIGNITY既是对外自信的表现，更是对内的自我肯定与期许。它不应该因为别人肯定才自我肯定，更不能为了得到别人肯定而刻意表现。

记得有一回，我跟太太去花店买连翘花，当时高速公路两边都在盛开连翘，太太笑说："路边伸手拔一棵不就成了，足足省下三十块美金。"我的回答是："我的DIGNITY，远超过这三十块钱。"

也记得以前有位开画廊的朋友，聊天的时候说当人问他往哪个方向去的时候，他如果往西，却不愿透露，他会讲"我没往北去，也没往南去"。

别看他淡淡的这么一句话，却深深留在我心，而且在文章里再三提到。尤其是他说为什么只要撒个小谎就成了，他却坚持不做。是因为他人格的价值远远超过那句谎言。

前两天看电视上有关梅兰芳的报导，说日本侵华的时候，梅兰芳想尽办法推辞演出。又说二次大战之后，梅兰芳去日本找他的一个老朋友，从东京找到大阪，终于有了消息，可惜是个坏消息：那朋友已经死去多年。

梅兰芳依然去那人家中，鞠了躬，并在桌上留下一副景泰蓝的袖扣，是二战前答应那日本友人的。

我关了电视，想梅兰芳的演出，想《梅兰芳》的电影，觉得都

山城夜月 / 刘墉作 / 纸本水墨 / 写意 /93CMX172CM/2010

题记：庚寅年冬以喷染皴擦法写山城夜月于氤梦楼，刘墉

钤印：刘墉、梦然、无用才子、氤梦楼

造境说明：刘墉在他的散文作品中，常提到他总是梦到在月夜飞过山城，折叠的山峦像是金箔打造，头顶的月光像千万根银针洒下，山城人家闪烁着灯火，山涧小溪跳跃着月光。正因此他爱画山城，也擅长画月色，这张利用喷染褶皴法创作的"山城月夜"，应该是最好的注脚。

不如刚才看到的那副袖扣。我也想起挂剑的吴季札、《诗经》里说的"不愧于屋漏"（意思是在最没人见到的地方，也不做亏心事）和《论语》里的"久要不忘平生之言"。

　　不负我心，不负我生。世间本无法，法在我心！

随着年龄的变化，爱总在变。
由炽热的、属于性激情的爱，到温馨的、属于亲情的爱。

男人总是愈老愈少攻击力，愈爱窝在家里。
愈不能记新鲜的事情，愈活在过去的回忆之中。
往日情怀于是重现了，甚至因此而爱年轻时的食物、年轻时
去过的地方，
怀念年轻时相爱的人。

老丑的妻子，常最忠实；
肥肥的女人，常冬暖夏凉；
烧了几十年的菜，常最清淡可口。

于是那傲气凌人的大男人，像玩累了的孩子，
乖乖坐在厨房门口，
仰望那掌勺的老女人赏口饭吃。

刘墉小语

见如何？不见又如何？还有几个立碑人的后代会来凭吊？又有几个陌生人会站在碑前诵读上面的文字。如果有一天，能回归平凡的石头，成为大地风景的一部分，岂不更好？

清明节，去母亲的坟上扫墓。

墓园是遵母命选定的，距离不远，让她就算迈着小脚也能常常走回家。

"只是不知老娘的魂现在在家，还是在墓园。"我对太太说。

"知道咱们清明会去，应该在坟地等着吧！"

枫树刚冒芽，樱花已经盛开，一簇簇的粉白。草地有浅绿、深绿，还有土黄色。浅绿是生长多年的，下面住着"老居民"；深绿应该是去年来的，由于是新撒的草种，所以特别绿；土黄则是新坟，光秃秃的几抔黄土。

"吹面不寒杨柳风"，正是这样的天气。

好多纸编的十字架，在风里颤抖，全是墓园为复活节插的。有些没十字架，应该不是基督徒，但也不寂寞，尤其犹太人的坟，除了鲜花，还摆着一个个高高的铜灯，里面隐约闪动着烛光。

穿过许多新坟与旧坟，走到老母的"阴宅"。旧历年时，我和儿子费尽力气挖开冰雪插下去的花，早已不知去向，倒是前几年种的洋水仙和番红花已经冒头。

十年了，花岗石碑如新，碑文间填的白色颜料脱落不少。我把花束外面的包装扯掉交给太太，再将枝茎绑紧，用力插在草地上。因为最近雨水多、土软，居然能入土三吋。插好又觉得花太高，遮挡了石碑，就再拔出来折短。太太眼尖，看到路边有些专用来插花的塑料筒。于是两人去找水龙头，把筒子装满水，分别放在墓碑的中间和两侧。紫色的香雪兰放中间，黄菊花放右边，粉红色的康乃馨插左侧。

离花半尺，再往下一尺半，就是母亲的骨灰匣，纯铜的，当年闪闪发亮，不知现在是否罩上厚厚的铜绿，又或已经锈蚀，成为大地的一部分。

虽然碑上刻了父亲的名字，也留下一侧空着，但是为了不打扰逝世四十多年的父亲，一直没把他在台北近郊安睡的骨灰移来。当然还有个原因：这里是异乡，有一天我搬回台湾，必定会把地下的老娘带回去与父亲合葬。

父亲的坟虽有管理人员维护，也年年缴费，却除了清明，其他时候都盖满木麻黄的朽叶，非自己扫一遍不可。但这美国教堂的墓园不同，我绕着石碑检查，茸茸的草坪上，连一株杂草也找不到。

蹲在墓前，拍拍草地，拍拍下面的老妈妈，告诉她我又来看她了，又回头问太太，要不要向老娘报告刘轩的近况？太太一笑说，上次孙子已经跪在雪里跟奶奶说了。

可不是吗？那回积雪一尺半，我故意说太冷，和太太先躲回车子，就见儿子跪在雪地里许久。中国孩子，尤其男生，总把情感隐藏，若非我给他单独的机会，就算有一堆思念话，只怕他也会吞下去。

太太把折下的花茎一一拾起，径自拿去路边的垃圾桶。我猜她或像我对儿子一样，制造机会，让我对老母说说心事。

蹲在碑前，我用力压了压插花的塑料容器，再把花上的橡皮筋解掉，让一枝枝能平均地散开。康乃馨有种特别的香味，淡淡的，如同母亲的爱。我有许多话，又不知说什么，只能跪着拍拍草地说："老娘，我得走了，改天再来看你。"

沿着墓道往停车场走。一个中年妇人，坐在树下的长椅上擦眼泪，看到我们，故意把脸转向另一边，前面不远处有个插了鲜花、依然盖满黄土的新坟。

顺便遛遛吧！我带着太太往右，转向山坡上面的墓园，避免打扰那伤心的妇人。

愈往上，坟愈老，许多大理石碑上的文字已经湮灭难辨，只有花岗石的墓碑，就算十九世纪立的，也光亮如新。太太笑说，当年新的大理石碑一定很漂亮，但是人们没想到一百多年之后，连字都不见了。

　　我说：见如何？不见又如何？还有几个立碑人的后代会来凭吊？又有几个陌生人会站在碑前诵读上面的文字。如果有一天，能回归平凡的石头，成为大地风景的一部分，岂不更好？

　　但我们还是选择那些特殊的墓碑，看上面的雕像和墓志铭。有些刻着勋章，看看生卒年，死时正值青壮，或许是一次大战的英雄；有的刻着天使，算算年月居然还没一岁，应该是早夭。还看到一块较新的墓地，草坪上嵌着好多心形的铜雕，每个上面都刻着名字和天使的图案，看看生卒年，全是二〇〇一年死的不到五岁的娃娃。难道会是幼儿园失火，或者一起遭遇了车祸？好多坟前摆满瓷制的动物玩偶，还有一束束一盆盆的鲜花，显然娃娃们的父母经常来。举头，居然连树上也挂了许多布偶。

　　远处传来儿童的笑闹声，几个小孩正从墓园旁边的教堂跑出来，原来那儿有个幼儿园，好多红红绿绿的游乐器摆在四周。

　　孩子先在车道嬉戏，又跑上草地，在一座座墓碑间绕来绕去躲猫猫，当他们跑过摆满玩具的坟头，似乎特别放轻脚步，唯恐震落了四周的玩偶。教堂当当的钟声响起。风吹过，樱花纷飞如雨。我们的车缓缓驶出墓园，大门右侧有阳光反射，匆忙间瞥见好多酒瓶立在一座碑前，每瓶酒都是半满，碑上刻着韩文……

和平之春 / 刘墉作 / 绢本没骨设色 / 极工笔 /80CMX120CM/2013
（2015 年北京画院美术馆展出）

在绢本上以工笔没骨撞粉描绘的花瓣，特别显得鲜丽剔透，加上"双反托法"，除了两面着色，在半透明的绢本之后，再以另一张纸描绘远景，显示三度空间的氛围。这类作品的工程太大，即使叫好又叫座，我并不多作。

三对鸽子的安排：树上四只，一只伸展翅膀理毛，一只转头观看，有画眉之乐。另一对，其中一只倾身向前，似乎要加入飞翔的那一对，另一只则无意跟进，还好像低声劝阻别去打扰。至于空中的两只，翅膀翩飞交错，四目相对，含情脉脉，一片春融的景象。我作画像是写散文小说，看似写生，实际是说浪漫的故事。

亲人的死去，
有时反不如他自己离弃我们的伤痛来得大。
因为死的人，是不能不死，而不是他要抛弃我们。

正如那个丧母的孩子所说：
"妈妈还在那里躺着，我们为什么要走？"
对于死者而言，他没有离去，
真正离开的，
反而是活着的人！

刘墉小语

盒痴

我的盒子都空，也都不空，每个都留下我旅游的记忆，上面都有着天然的木纹、石纹……打开来，都可能飘出一抹木香、皮香，跳跃出我的许多『想』与『不想』、『有意识』与『潜意识』的幽思。

中秋节，朋友送来一盒月饼。客人才走，我就把月饼拿出来，急急忙忙将空盒子抱进书房。

虽然只装了两个广式月饼，那盒子可制作得真精巧，红木材料，四周还印着苏轼"明月几时有，把酒问青天……"的整首《水调歌头》金字。大概因为看盒子讲究得惊人，连平常不碰甜食的岳父岳母都各吃了半块月饼。

"买椟还珠"，想必中国人早懂得以盒子促销，尤其这几年，只怕有一半的钱被商家用在包装上。这下麻烦了，因为我是盒子的收藏家，有收小盒子的"癖"，既称癖就有难以抗拒的"强迫性行为"，于是往往为了扔不扔盒子矛盾，好几次还为收太多盒子跟太太起争执。

记忆所及，大概我三岁多就有了收集小盒子的爱好，每次看父亲抽烟，我都在旁边等着他装香烟的白铁盒子。父亲疼我，只怕为了满足我早早取得盒子的愿望，常常特别多抽几根。

那是什么牌子的香烟，我早忘了，因为我收盒子的第一件事，就是把外面的商标纸剥掉。我不喜欢拖泥带水的东西，那包装纸容易破，看起来又贱，十分碍眼，所以甚至父亲才打开一箱烟，我已经偷偷把每个小盒子上的包装纸撕掉。我看不得不永恒的东西，我的小盒子一定得持久、得永恒。

我最早的收藏——几十个香烟小铁盒，在四岁搬家时全不见了，我曾为此闹了好几天，说搬家工人不可能遗忘，坚持回"老家"找。我娘也装样子"出去"找了一趟，回来摊摊手。

这事我十几岁才想通，必因为他们嫌我的盒子碍眼，借机会扔了。也因此，我能记得那么早的事，直到今天脑海还常浮现我收藏香烟盒的柜子和外面的纸门。

我想不出为什么爱小盒子，可能因为童话故事里有"潘多拉妈妈的神奇盒子"，所以我潜意识认为小盒子有魔力，虽然小，但是能一直掏，有掏不尽的古灵精怪，盒子是我发挥想象的地方。也可能因为小时候偎在父亲身边，他随手给我玩的东西，最现成的就是香烟盒，他又总说把里面包香烟的锡箔纸团起来，用火烧，会熔成一块像银子般的锡，香烟盒里就更有我想象的空间了。

还有个可能，是因为父亲在我九岁时过世，留下的十几个盒子，每个都是空的，也都是实的，里面有对父亲的记忆。

我收藏小盒子，都不是为装有形的东西，甚至可以说，只有不为装什么，也不装什么的，才是我理想的小盒子。也只有不为实用而收盒子的人，才是真正的盒子收藏家。所以我明明知道"菊石"制的印泥盒一定会渗油，不适合装印泥，还是买；我明明晓得锦缎盒里常有螨，会造成我哮喘，还是收了上百个。还有一回，在香港的笔墨庄看到个装满印章的石头盒子，里面的印材虽不佳，只为看上那深褐色的石盒子，也花大价钱买下。起初，太太还会表示意见，后来她知道这是我的癖，是病，避不掉，反而碰上卖盒子的店，主动就对我说："你慢慢看，我先去别处逛。"这两年她更进步了！居然讲："这么多地方卖小盒子，可以知道世上像你一样爱收藏小盒子的人必定不少，可见得不是只有你怪。"

确实，几乎在每个观光区，都能看见卖小盒子的。盒子多半是以当地的木材制作，譬如印度，特爱制造柚木盒子，加上印度盛产铜，盒子四周常镶嵌着铜片、铜钉。挪威人也卖白杨木做的盒子，老杨树，尤其长了瘿结的，在光线照射下，能显出三度空间的花纹。东欧的人更爱做木盒子，而且工很巧，装饰也变化多，譬如先用火烫的方法"燎"出花纹，再在花纹里嵌进金属丝线；还有些木盒，外面包上小羊皮，再烫出花纹，更密实。我曾经不小心，留了一管水彩在那种盒子里，多年后打开，里面的水彩居然一点都没变硬。

中国的盒子当然以红木和黑檀为主，红木盒好像红木家具的延伸，少不得浮雕"福寿"或梅花的图案。黑檀木常做首饰盒，盒里有夹层，外面带锁头，我曾在台北"假日玉市"的摊子上，见过一个以贝壳、玛瑙、珊瑚和松绿石镶嵌的檀木盒，说是古董，索价不菲，侧面看，盖子是黏上去的，又有现代工具的痕迹。但如同酒鬼闻到"胡子水"①都难以拒绝，我还是买了回来。

既然爱盒成痴，日久自然变为专家，盒子一入手，看两眼，就知道是怎么制作的。特讲究的盒子是以整块极硬的木头挖出来，所以盒子四边没有缺口。中国人做盒子喜欢用"像十指交叉"的榫头，欧洲人做盒子则像装画框，四十五度角黏在一起，讲究的还锤进木钉。

最鬼的是摩洛哥人，他们先用四片木头黏成长方形的筒子，再像切蛋糕似的，横切成好几段，每段黏个板子，就成为盒盖或盒底。做出的盒子不但上下密接，而且木纹相连。他们还会做些奇巧的盒子，譬如由许多木块组成的，必须先抽出其中一小片，才能打开。又像是我最近在迪斯尼"摩洛哥馆"买的一个小盒，当你推开"插销"的时候，盒里会突然钻出一条小蛇，用尖尖的嘴叮你一下。

我也喜欢马达加斯加人用黑檀制作的"小手盒"，连襻子都以木造，打开来，两侧有麻布，中间可以放零钱。我常一边把玩一边想，不知马达加斯加的土著妇人，是怎样手里攥着这样的小盒上街。她们是不是很穷，穷得只能用木盒当手提包？这小盒捏在手里，汗

①胡子水，是刮胡子之后涂抹，用来消毒的香水。

水泥水日久浸入木纹，如果我能收到那么一个，该有多美！

相对的，也让我想到一个在北京王府井珠宝店买到的金属小盒，以银为底，掐丝镶线，再填入蓝白的釉料，盒边有颗红宝石，轻轻一压，盒子就开了，里面铺着黑色的麂皮。店员说这曾是俄国贵妇的"手盒"，君士坦丁堡制作，当年二月革命，一群皇室贵族流落到中国，把盒子变卖，留到今天。我把这手盒买回家送给太太，隔几天，又要回来，进了我的收藏柜。太太笑说她也不喜欢，因为光光溜溜冷冷硬硬，又没绳子挂着，一不小心就掉了。只是来访的朋友常好奇地问，那漂亮的盒子里藏了什么好东西？

他们岂知道，我的盒子不放东西，每个都空空的，就算大大小小堆满一柜，我也不在大盒子里塞小盒子。但我的盒子都空，也都不空，每个都留下我旅游的记忆，上面都有着天然的木纹、石纹……打开来，都可能飘出一抹木香、皮香，跳跃出我的许多"想"与"不想"、"有意识"与"潜意识"的幽思。

每次回台，去父亲坟上，在两边的瓷瓶插上花，先看看大理石碑上的金字是不是还完整，四周的柏树是不是健康，看看后山有没有滑坡，扫扫上面木麻黄掉下的针叶。离去前，我都会特别绕到墓座后面，看着离地大约三呎的那一面，回想半个多世纪前，我是怎样在四周一片哭声中，看着一个小小的木盒子被放进去，然后封上砖块和水泥。

那木盒还好吗？会不会经历半世纪，已经朽了、烂了，骨灰因此散了出来？于是，四周的砖石墓座成为椁，是外面另一个盒子。

我至今不敢敲开墓座，怕惊扰了父亲，怕见到我记忆中那个浅黄色的木盒子不再完整。也想，其实自己不久之后，也会被装进这么一个盒子里。到时候，是不是可以把我那些小盒子都用上，每盒装一些，让我终于"翻身"，不再由外面观看，而从里面欣赏，睡成众多小盒子的一部分。

岁月山河 / 甲午年秋以喷染皴擦褶绉剪贴磨蚀诸法写岁月山河于氤梦楼
/145CM×361CM/2014

记住！

"理直气和"，而非"理直气壮"。

尤其对长辈，你越理直气壮，他越可能老羞成怒。

有些聪明人甚至知道在老板气头上，就算自己有理，也先认错；

等老板气消了，发现错的是他自己，主动对你说"错怪了你"。

所以，当你出了错，与其"推诿过失"，使自己成为众矢之的，

不如乖乖认错，表现出痛改前非，洗心革面的样子。

用"积极行动"取代"消极哀叹"；

以"勇于改过"取代"善于强辩"；

用"低姿态"争取"广大同情"；

用"拖延战术"取代"当面对决"。

大到治理国家，面对一国的人民；

小到铺一块地毯，面对一家的客户。

天下的道理都是一样的！

刘墉小语

少了笔墨纸都不行，只有缺了砚台的时候简单，随地捡块石头就能磨墨了。所以，不要忽视脚边任何一块石头，你可以想它们都是你的好帮手，个个都是小砚石。

小时候，父亲曾经一边磨墨，一边指着他的砚台对我说个恐怖的故事："好的砚石难得，当溪里的好石头都被捡光了，砚石工人往往得缘溪寻找，看到水边有好石材，就拿着凿子开采，有时候一直挖下去，挖成一条山洞。因为洞很小，砚工得从洞口手牵手连成一串，把洞底挖到的好石头，一手传一手地递出来。更重要的是，外面的人发现溪水暴涨，能够及时示警，一个拉一个地把里面的人拖出来。

有一回，最前面的老父亲发现一块稀世的好砚石，小心地交给大儿子，千叮万嘱说："这可是宝贝，千万别掉了！"大儿子一路传下去，传到小儿子手里。突然溪水暴涨，已经涌入洞口，外面的人狂喊着往外拉人，中间的小儿子却因为一手拿着宝贝石头，不敢松手，没拉住下面那只手，害得前面的爸爸和哥哥都淹死在洞内。

大概因为这故事太惊心，从那以后我每次看到砚台，无论是便宜的学生砚、昂贵的端砚、歙砚或金沙砚，都会肃然起敬，想它一定是采砚人冒着生命危险，从溪水里捞出来，或石洞深处淘出的宝贝。

也因此我从十几岁就私藏砚台，还由于砚台而出过不少糗。譬如我高中参加作文比赛，特别拿了一方最好的砚台去，可是眼看别人用墨汁或墨膏，都写完好几行了，我还在那儿猛磨墨呢！等我终于磨好，一笔下去，又瞬间晕散，搞得手忙脚乱。

后来我才知道，照父亲教我的"轻研墨、重搦笔"或古人说的"磨墨如病夫"，磨出来的墨汁虽然细，却容易晕。加上我用的是端砚，磨出的墨更细，反不如烂砚台磨出的粗墨汁，容易控制。

还有一回，我到台北的"云和大厦"拜访张大千先生，心想他由海外回来定居才几天，恐怕没带文房四宝，特别新买了一方端砚去，当面磨墨请张大千先生挥毫。居然磨得满头大汗，还磨不黑。大千笑说："我这里有，还是用我的吧，你的砚台不错，可太新了啊！上面打了蜡，当然磨不黑。"

又有一次，我去香港专卖书画用品的"文联庄"，看到台子上摆了几十个精雕细琢的端砚，而且个个"带眼"（一种圆形像眼睛似的石纹）。只有一方，既没雕饰也没眼，就像块扁扁的石头。我说："怎还有这么一块？当纸镇哪！"当时店里的人都笑了，说全店最贵的就是那块纸镇。因为石头太好，怎么雕都是损失，所以干脆不动，做个"平板砚"。

我又问："既无砚堂，又没砚池，怎么用呢？"老板说："磨一点点墨也成，话说回来，根本不必用，摸摸也是享受。"

我闭着眼睛，摸摸这块又摸摸别的，发现果然这方平板砚特别细腻。那"腻"很难形容，它不是光滑，因为如果太光滑，好比在玻璃上磨墨，不容易发墨。那腻也不是软，因为软了，好比在砖上磨墨，会带泥沙而显得浊。当然它更不可能粗，因为如果粗得像砂纸，磨出的颗粒一定大，在上面揉笔也容易损伤笔毛。所以古人说"发墨而不损毫"的才是好砚台。

照这么说，好的砚石应该不软不硬。可我后来发现也不对，因为我洗砚台的时候，虽然用的力气不大，却能磨掉手上一层皮，有时候手上染了墨，只要在砚台上轻轻擦两下，墨渍就没了。可见那砚台表面看来虽然温润细腻，骨子里却很坚持，怪不得二水的雕砚师傅说，好砚石也是好的磨刀石。

谈到台湾的二水砚，可真不错！我书房里摆了两方，一黑一绿，好多书画界的朋友来访，都摸了又摸，问那是何方名砚。当我说出自二水，大家都瞪大眼睛："二水居然有这么细的石头，而且这方绿的，怎么看都像来自金沙江啊！"

笔墨纸都不耐用，只有砚石像老朋友，可以谈心，它教了我许多做人的道理：不平凡往往出自平凡，大含蓄里要有大坚持。它也教我做事的道理：要精雕一方砚台，先把底修平，稳了才能准。它还教我处事的道理：浸在水里的石头都漂亮，要看它有没有裂纹，就得捞出来，放在太阳下狠狠地晒！

它更教我教育的道理：任何一块平凡的石头，把它打磨光滑，都会呈现美丽的质理和花纹！

我在美国大学教"中国美术概论"的时候，一定会带砚台到课堂上，教学生欣赏、触摸，然后在考试时出题："如果你出去写生，只能带'文房四宝'里的三宝，有一样不能带，你可以不带哪一样？"

标准答案是："砚！"

文房四宝砚为首，因为砚石能传业，不像笔墨纸，容易坏，所以好的砚台价值极高。但是相对的，砚又最平凡。少了笔墨纸都不行，只有缺了砚台的时候简单，随地捡块石头就能磨墨了。所以，不要忽视脚边任何一块石头，你可以想它们都是你的好帮手，个个都是小砚石。

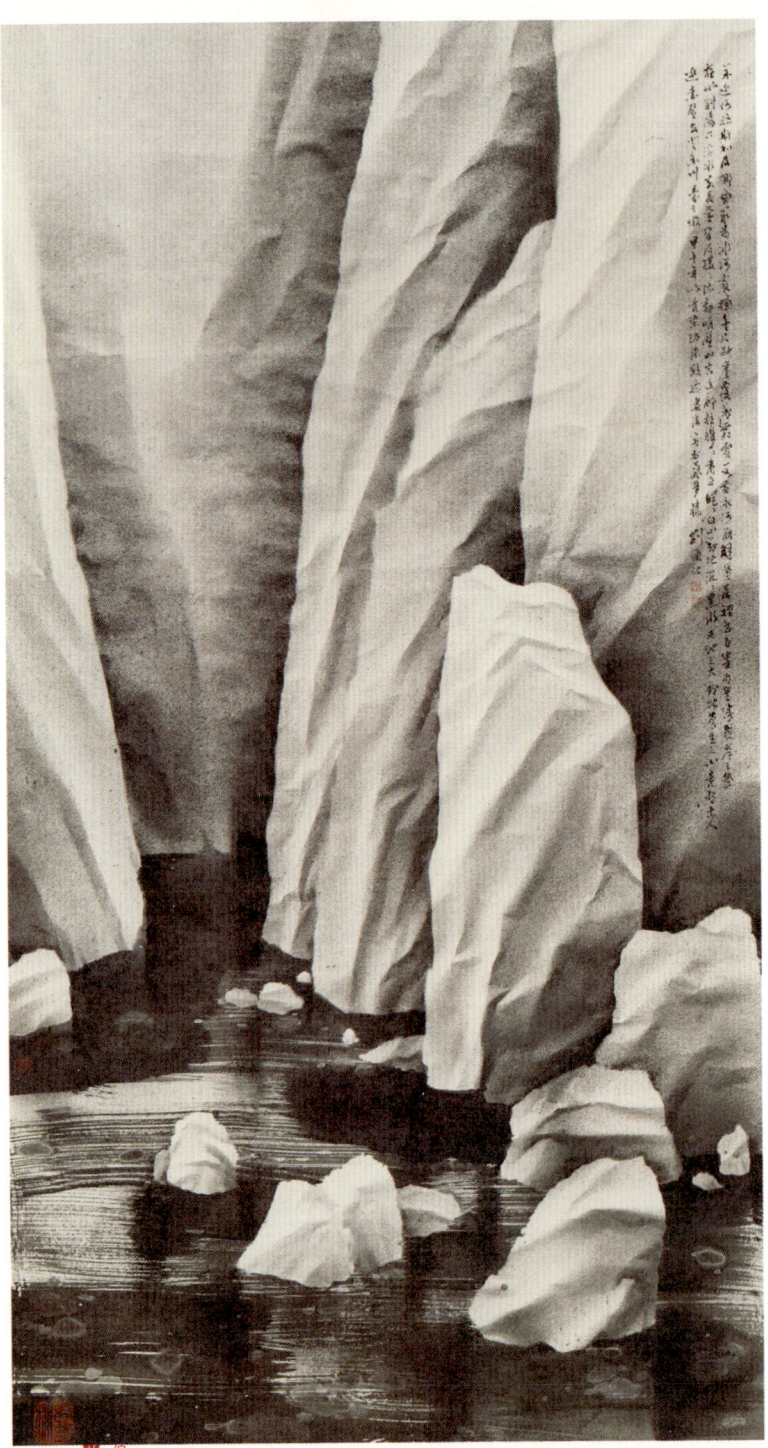

白山黑水 / 刘墉作 / 纸本水墨 / 写意 /178CMX96CM/2014

题记：余游阿拉斯加及挪威，最为峡湾冰河震撼，千尺断崖覆万年霜雪，每当冰河崩解坠落，铿然巨响有惊涛裂岸之势。极地斜阳下，浮冰若晶莹宝石缓缓流动，峭壁如宫廷廊柱穆肃立。皑皑白山对比沉沉黑水，天地之大对比苍生之小，竟有古人游赤壁与登幽州台之慨。甲午年以喷染防染皴擦诸法写于氤梦楼。刘墉记。

钤印：刘墉、梦然、无用才子、氤梦楼

造境解说：如同画题"白山黑水"，这张作品利用喷染，表现冰山浮冰的白，再使用大笔，平刷出深黑的水色，创作的心境缘起则见于长题。

在我们四周，
到处都可能发现自己的贵人，
他们不一定是直接提拔你的尊长……

所以，不要轻视任何人，
也不要轻视自己，
因为那平凡人可能是你的贵人，
你也可能作为别人的贵人！

刘

墉

小

语

心定入苔深

我很相信缘分，也从来相信没有白下的苦工。

举个例子：有一天我在画"小人书"，把汉字的象形文字，变成图画来解说。我太太在旁笑说："那么多人等你的作品，你却花时间画小人书。"

我一时不知怎么答，问题是多巧啊！当天晚上北京匡时拍卖公司的老板来，看到我的小人书立刻说他要印，还要拿去拍卖。跟他同行的一位收藏家，则自告奋勇成为我的经纪人，让我的作品一下子进入大陆，甚至能在北京画院举行个展。

说到这次展览，如果您光临，会发现有很

多"黑乎乎"的作品，那是我小时候跟妈妈抻被单，看她喷水得到的灵感，点点滴滴、一片一片！觉得过瘾极了！进入美术系之后照方抓药，狠狠用嘴含着黑墨喷了几张"大作"，在美术系走廊"秀"，被教授骂"少造反了！"

后来开画展，斗胆放几张，也很少人喜欢，只有几家博物馆收藏。

可是最近到大陆，我碰上贵人了，为我策展的贾方舟老师说得很肯定："我不管市场好不好卖，这种风格是你特有，没别人画，我就要展。"

于是我的"黑画"出头了！

再谈回那本"小人书"吧！台湾的公共电视要做"一字千金"的竞赛节目，来访问我，原本只要我说几句话推荐。瞧见我小人书的稿子，居然决定在节目里加个"汉字好好玩"的单元，由我主持。最近节目告一段落，还要单独出版我那单元的DVD。

台湾联合文学出版社的李总经理看到我的电视节目，知道我在作"小人书"，也感兴趣，来访时一眼瞧见我这本《不疯魔，不成活》，居然先下手为强，抢了去，还说配合我在北京画院的展览，两个月内就上市。

您说缘分妙不妙！一本我自得其乐的"小人书"居然引来那么多好机会。

上天既然如此安排，大家既然这么厚爱，

我决定把这本书的两岸版税和公共电视给我的酬劳全部捐作公益（并且公布细目）。

谢谢大家给我效力的机会，谢谢贾方舟大师的提拔、李向明老师的鼎力协助、匡时董国强总经理的厚爱、经纪人吴桐女士率北京团队的策划、拙荆的支持和联合文学的出版。

最近有人问我六十六年过去，一路走到今天的人生感触。我说："敲我的锣，打我的鼓！任我行、听天命！"然后画了张淡淡的水墨，题了一首诗：

独自入山林，扶筇听鸟鸣；

云起迷前路，心定入苔深。

扶筇听鸟鸣／刘墉作／纸本水墨淡彩／93CMX65.5CM/2014

文艺复兴人 刘墉

文／毕秋生 图版提供／水云斋

　　刘墉是一个很难了解，又让我们不得不去分析的人，因为他不仅是当代杰出的艺术家，而且特立独行，成为一种值得研究的"现象"。

　　中央美院教授邵大箴在他的评论文章《丹青鬼才——读刘墉作品有感》中，开门见山就说：

　　"我虽早就知道刘墉的大名以及和他名字联系在一起的称谓：'全才''奇人'等等，但从未与刘先生谋过面。当我认真读了他的简历，看了他的画作照片之后，头脑里很快蹦出来的两个词汇'鬼才''怪杰'。世界上很难想象有如此充沛精力，又如此多才多艺的人，尤其在当今这样浮躁和讲究功利的社会。刘墉在其他领域的作为，不敢妄加评议，就我熟悉的绘画行当，在他的作品面前我是要同时竖起两个大拇指的。他能创作出众多不同题材、不同样式且有很高艺术质量的作品，实属难得。"

中国著名的艺评家、策展人贾方舟在北京人民美术出版社出版的《刘墉画集》序言也发表了类似的观点，而且与时代的文化氛围连接：

"如果说在刘墉作品中由情感之源汇成的是生命的记忆，那么在另一类作品中，它的源头则来自于传统文化。刘墉一九四九年生于台湾，在大陆，属于与共和国同龄的一代人。但接受台湾教育长大的刘墉，其学养和文化素质与大陆的同龄人完全不同。大陆在二十世纪后半叶出现的文化断层使几代人流于浅薄……，所以像刘墉这样的全才几乎一个也没有。"

另一位著名的中国艺评家郎绍君最近评论刘墉现象，则由两岸文化链条的角度切入：

"纵观刘墉的社会文化活动和影响，主要是在台湾，继而又扩展到改革开放的大陆——多次到大陆探访古迹名胜，著作在大陆广泛印制，捐助大陆二百余名贫困学生，捐建40所希望小学，在刊物上开设专栏，在诸多城市发表演讲……所有这些，是文化的交流，也是心灵的漫游与寻根。他的绘画能使我们会心会意，也正因为它们是两岸历史文化链条上的一环。"

且不论前面三大家怎么说，本文希望从另一个角度，甚至是心理层面分析刘墉的绘画作品。

西语有一个词"Renaissance man"，意指"擅长而且热衷多种技能的人"，达·芬奇是其间的代表者，非但在绘画上表现杰出，而且在科学、音乐、解剖学、植物学上都有钻研。刘墉似乎也是个Renaissance man，而且从小就显示了这方面的特质。从各方面的表现，可以知道刘墉也是个爱解剖动植物的人，在他的文学作品《杀手正传》里，可以看到他在显微镜下给螳螂动手术的照片，他还把螳螂交配、母螳螂吃下整个公螳螂的过程，作忠实的写生记录，而且标明时间（图1）。他画鸟也一样，我们可以见到刘墉为了解鸟爪结构，将鸟爪切下写生，以及他为了了解羽毛结构，把各种鸟翅膀拉开来一根根记录。更有意思的是在刘墉的《翎毛花卉写生画法》（The Manner of Chinese Bird and Flower Painting）里，他画出鸟的骨骼，还计算鸟的飞羽数目、分析其性质（图2）。

不 疯 魔 ， 不 成 活

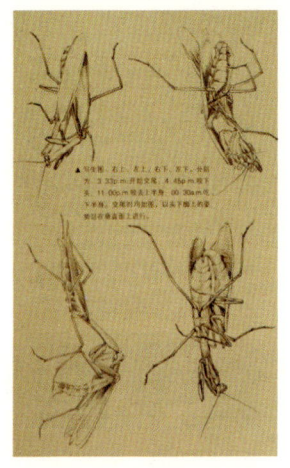 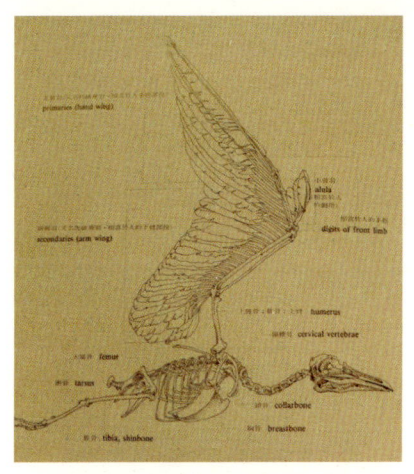

图 1　螳螂交配记录（取自刘墉作品《杀手正传》）　　　　图 2　鸟的骨骼（取自刘墉作品《翎毛花卉写生画法》）

至于刘墉对植物的解剖就更不用说了，他除了整体的写生，还总是把花切开，看花瓣的规则、花蕊的数目、子房的位置，并作翔实的记录。甚至因此写一本文学作品《花痴日记》，记录他的园艺心得。

刘墉还有一本学术著作《山水写生画法》（Ten Thousand Mountains），里面采取摄影和绘画对照的方式，探索中国山水画的符号，甚至从地质和地形的演变探索国画皴法。他曾经在书中主张"观物精微、体物有情、移情入物、物我两忘"，那种巨细靡遗、追根究底的功夫，诚然是他"观物精微"的最好注脚。所幸刘墉并不囿于物形，所以就算他画纤毫毕现的绢本工笔花鸟，都表现得灵动优美。

刘墉说那得力于早年受到林怀民、刘凤学的现代舞指导，把身体的语言，乃至呼吸的节奏带到绘画之中。刘墉也擅长演艺，因为主演歌舞剧《红鼻子》得到台湾话剧界的最高荣誉"金鼎奖"，还编导现代诗剧（图3），在第二届世界诗人大会演出。当时与他合作的舞蹈家，就是而今已经成为"世界八大编舞家"之一的林丽珍（图4）。

图3　1971年在台湾艺术馆推出实验诗舞剧演出《孤峰顶上》，中舞者为徐方

图4　由刘墉导演、林丽珍编舞的《宋王台畔》朗诵诗舞剧1971年在台湾艺术馆演出

　　从年轻时代就穿梭在音乐舞蹈戏曲文学诗歌绘画之间，并充分展现，几乎样样获奖①，成为刘墉作为Renaissance man的又一注脚。
　　当我们大约知道刘墉这一特质，就不难了解他从传统绘画入手，却能打破成规，创作出许多现代水墨作品的原因。刘墉显然是醉心于实验的，由他二〇一四年在苏富比北京"中国现代水墨"拍卖中的《玩月》，和在匡时秋拍的《白山黑水》可以知道，除了他十几岁就使用的喷染、褶皱，还采取了磨蚀、防染和剪贴的技法。贾方舟说："刘墉还有一类大场面作品，不再是描绘世俗的社会生活，

---

① 刘墉导演和编写的诗朗诵剧四次获得新诗学会和青年学艺竞赛冠军。1971年获得新诗学会颁发"优秀青年诗人奖"。1972年获得台湾师大美术系师生画展国画第一名教育部长奖。1974年开始应邀（免审查）参加全国美展。

而是凭吊历史，惊异于宇宙时空的转换。如果说，在《雪山月夜》中画家试图以极为单纯的喷染、折皱法表现无限空间的永恒，那么在《书卷江山》中，则是以超现实手法表现出运动中的时间概念和从主体意念（书卷）中展开对宇宙客体的想象。这种独创性的表现手法完全打破了传统山水画的格局，以一种更加自由、更加主观化的精神去对自然和表现自然。表现'我'理解的自然乃至'我'创造的自然。"道出了刘墉这类作品的精神特质（图5）。

图5 书卷江山 / 刘墉作 / 纸本水墨 / 写意 /106CM×257CM/2014 年

作为一个"Renaissance man"，刘墉的多面当然不止如此，且不论他已经蜚声华文世界，且被翻译为英韩泰越文的上百部文学作品，由于写散文的感性、小说的剧情和诗人的空灵，刘墉的作品流露出一种深邃忧郁的特质，但是深入玩味，又感觉宁静祥和。刘墉在他一九八二年出版的诗画散文集《真正的宁静》里说"真正的宁静不是无声，飞花、落叶、竹韵、松涛、虫鸣、鸟转、梵呗、吟唱，乃至夜来钟声、空山松子、万户捣衣……都是宁静。"大约说出了他创作的心境。贾方舟评论刘墉这类的作品，则作了如是叙述："他又画夜色中高高的城墙，却画的是周邦彦的少年游词意。刘墉在微博上这样解释他创作的心境：'很爱周邦彦的潇洒。并刀如水，吴盐胜雪，纤指破新橙。锦幄初温，兽香不断，相对坐调笙。低声问，向谁行宿？城上已三更。马滑霜浓，不如休去，直是少人行。于是乘兴挥笔。没有旖旎、不见丽人。只隐约露出一只手半个身，向门前车夫挥了挥'（图6）。像这样充满诗情画意的作品还可以举出很多，这些体现在他的作品中的传统文化积淀构成了刘墉艺术的一大特色，也使他画中的诗意境界无处不在。"

图6 周邦彦词意／刘墉作／纸本水墨／写意／96CM×54CM/2014（2015年北京画院美术馆展出）

图 7　龙山寺庆元宵 / 刘墉作 / 生宣纸水墨设色 /144CM×238CM/2012（2013 年北京中国美术馆《美丽台湾 / 台湾近现代名家经典作品展》展出）

图 8　新正雪霁图 / 刘墉作 / 纸本水墨设色 /93.5CM×175.5CM/2015

除此之外,刘墉还有一种鸿章巨制,譬如《龙山寺庆元宵》(图7)、《新正雪霁图》(图8)、《山城夜市》、《童年暮霭》,画面布满人物而且构出情节,堪称现代版的《清明上河图》,但是刘墉并不写生当下,而是从他的记忆想象和考据中构思,戏台演出、花街寻芳、杂耍卖艺、隔墙偷情,甚至小儿便溺、特务站岗、豪门迎客、街边乞讨、烟花飞天……(图9)加上猫狗鸦鹊鸡鸭牛马……而且相互呼应。那是一种再创造,如同小说情节。往更深一层看,这些画里有许多对比,譬如豪门喧哗、寒门冷落、富人贺岁、游民乞讨、大马轿车、人力拖车……刘墉也透过画笔,对社会现象做了讽刺和描绘。当我们欣赏这类作品,可以联想到《点一盏心灯》和《我不是教你诈》,刘墉在绘画中同样表现了温馨与辛辣两个极端的内容,而且巧妙地融为一体。

图9 《龙山寺庆元宵》特写左下角

图 10　明朝有意抱琴来 / 刘墉作 / 纸本水墨设色 /142CM×237CM/2014

　　作为 Renaissance man，跟达·芬奇类似，刘墉的作品除了有精准的"透视"，也经常隐藏文字符号，或者画中有画，藏有许多幽默顽皮的东西，据说裱画店曾经故意延迟交件，就因为跟他打赌找得到画里藏的猫头鹰。

　　刘墉还说绘画不只是静态的空间艺术，也像音乐舞蹈小说诗歌，需要想象的阅读和聆听，成为时间艺术。譬如他画《明朝有意抱琴来》（图10），除了巨细靡遗的描绘地面朝不同方向排列的小石头，荷花缸上藏着他的姓名图记，而且精工描绘出"画中画"上盖的"石渠宝笈"和"乾隆御览之宝"印章。加上打翻的酒杯、落地的书籍、摔破的酒壶，却不见"饮者"。让欣赏者自己发挥想象，构思画面以外的情节。

同时拥有写作绘画两支笔的刘墉，往往在绘画之前或之后，写一篇描述他心境的文章或诗歌。刘墉在五月十四日，北京画院的《水云氤梦》画展开幕同时，也在两岸出版了诗画散文集《人生是小小又大大的一条河》（中国台湾联合文学出版社）、《不疯魔，不成活》（作家出版社），如此精力与坚持，怪不得邵大箴教授要说："一个画家擅精细、工整地写实，又擅洒脱地摆脱具体客观物象，意象地写心中之感、之情、之思，非具有鬼才的大手笔莫能也。"

Renaissance men 个性常异于常人，刘墉也不例外，母亲逝世，他没办丧礼，但以慈恩之名，在大陆偏远地区捐建了十所希望小学。独子结婚，他没为儿子办婚礼，把钱捐给了台湾的公益团体。也如同维基百科上说的，这种 Renaissance man 虽然世间少见，但是"在生活上比较没有自理能力"。刘墉天亮才睡、过午才起，平常深居简出而且不会开车。台湾时报出版社前总经理莫昭平，有一次在电视节目里谈到刘墉，笑说："刘老师是创作的天才，生活的白痴。"一语中的，道出了这位"文艺复兴人"的特色。

图书在版编目 (CIP) 数据

不疯魔，不成活 / (美) 刘墉著.
-- 北京：台海出版社，2017.8
ISBN 978-7-5168-1477-2

Ⅰ．①不⋯ Ⅱ．①刘⋯ Ⅲ．①散文集—美国—现代
Ⅳ．① I712.65

中国版本图书馆 CIP 数据核字（2017）第 171550 号

不疯魔，不成活

著　　者：[美] 刘墉		
总 策 划：dangdang.com	监　制：薛　婷	责任编辑：俞滟荣
策划编辑：褚宇恒	责任印制：蔡　旭	装帧设计：格·创研社

出版发行：台海出版社
地　　址：北京市东城区景山东街 20 号　　邮　编：100009
电　　话：010-64041652（发行，邮购）
传　　真：010-84045799（总编室）
网　　址：www.taimeng.org.cn/thcbs/default.htm
E - m a i l：thcbs@126.com

经　　销：全国各地新华书店
印　　刷：小森印刷（北京）有限公司
本书如有破损、缺页、装订错误，请与本社联系调换

开　　本：880mmx1230mm	1/32	
字　　数：150 千字	印　张：7	
版　　次：2018 年 12 月第 1 版	印　次：2018 年 12 月第 1 次印刷	
书　　号：ISBN 978-7-5168-1477-2		

定　　价：56.80 元